연수

我們都有一顆星星

張琉珍——著
胡椒筒——譯

目
次

駕駛訓練

연수

我將住家地址設定為出發地，然後在目的地輸入公司地址，最後點擊開始鍵。車子駛出公寓地下停車場後，左轉兩次再右轉一次就能開上車道。直行，一直往前開，等到十字路口左轉後繼續直行，用不了多久就抵達目的地。從小路進入大路以後，就只是ㄱ型路段，橫向十分鐘，縱向十分鐘，加起來只有二十分鐘的路程。大家聽聞我通勤開車只要二十分鐘，都羨慕不已。這次我選擇了模擬行駛，手機畫面以第一人稱視角顯示上班路線。我的視線緊盯畫面，手摸著車鑰匙，緩緩地用拇指摸了摸堅固且立體的標誌。新型A5 Sportback，外觀華麗絕美，同時不失優雅的運動美學，想到更具深度和氣質的車尾造型，我的心情不禁豁然開朗，現在只差開著這輛車去上班了。

我不擅長開車。不是不擅長，是不會開。場內路考兩次不合格，場外也考了三次，雖然第四次好不容易考到駕照，但那已經是九年前的事了，而且其中一次駕駛那輛路考專用車的時候還出了車禍。

考官坐在副駕駛座，後面坐著另一名考生，我緊貼著方向盤坐在駕駛座，正沿著車道行駛。遇到十字路口，開過交叉路，進入車道的剎那間，我突然分不清應該選擇哪一條車道。就在我連聲「呃……呃……」，不知所措的時候，撞上了前面的車。撞擊的瞬間，坐在副駕駛座的考官本能地伸出手，將方向盤往右打，突如其來的急轉彎使得坐在後面的考生失去平衡，頭哐的一聲撞上玻璃，隨即發出悲鳴。

我睜開緊閉的眼，只見包括司機在內的一家四口抓著後頸，一個接著一個從右後桿凹陷下去的SUV下來。

「李珠妍，不合格！熄火，下車！」

考官不是在單純地通知我路考不合格，他的語氣充滿斥責與非難，讓我正視自己闖下的禍。那天之後，他的責難聲便在我腦海揮之不去，折磨了我很長一段時間。

不合格！熄火！下車！不合格！熄火！下車！

我唯一的失敗經驗應該就是開車了。有生以來，我遇到各種關卡幾乎都順利地通過。考入知名高中，一次就考上理想大學，領取獎學金，歷經三年苦學，最終通過註冊會計師考試（當然，備考期間很累、很艱難，也很孤獨）。四間大公司，我只投了自己滿意的兩間，都錄取了，最後我選擇其中起薪最高的公司。這是在我二十五歲那年發生的事。那時的我並不知道無論怎麼努力都達不到目標是多麼痛苦的一件事。

也就是說，直到握住方向盤以前，我從未失敗過。

＊

因為公司的新專案，我才重新考慮開車。客戶要求至少三個月要到他們公司上班，雖然他們公司距離我家不遠，但交通很不方便。搭公車只有九站，可是下車後還得走二十多分鐘。當我看到同樣的路線開車只需要二十五分鐘的時候，內心就開始動搖了。剛好那時我看到公司公告欄的進口車促銷活動，裡面正好有我一直關注的新車款，而且又剛好領到上半年的獎金……於是我不假思索地在合約上簽了字。

接到經銷商告知交車日期電話的當天，我上網搜尋了「道路駕駛訓練」。搜尋結果按最新順序排列，我逐一查看標題，大部分都是公司經營的部落格廣告。當看到有一則內容出自我所在社區的「媽咪社群[1]」後，立刻點了進去。原帖寫著非常滿意訓練課程，推薦給大家，留言區可以看到很多詢問教練電話的留言，原帖作者「俊書媽」以不公開留言的方式一一回覆了所有留言，最新的留言是昨天的：「閒置了十年的駕照終於派上用場了，教練真的很會教耶！」我莫名覺得可以信賴，於是也想詢問號碼，但該帖只有正式會員才可以留言或傳訊。我先申請加入媽咪社群，還為了升級正式會員，按照要求填寫好新會員申請表格，以及在其他貼文下方留言。

我的暱稱是「珠妍媽」。為了看起來平凡，所以在名字後面加了一個「媽」字。反正我也不打算成為正式會員後參與活動，只要在必要時獲取資訊就可以了。我和「真正的珠妍媽」正在冷戰中。從幾

1 媽咪社群（맘카페）指透過韓國入口網站Naver或Daum的社群平台建立的育兒社群平台。隨著育兒主題的需求增大，另衍生出的新類別，形成獨立的育兒社群。群主以分享所在區域的育兒資訊為目的，逐漸擴大規模，發展成分享各地區各種資訊的綜合性社群平台。除了育兒資訊，也有地區美食餐廳等生活各種資訊。

年前開始，每次回老家，媽媽都會追問我什麼時候要結婚。冷戰開打的當天，我心想今天也難逃一劫，所以從坐上高速巴士就倍感壓力，一走進家門，就看到媽媽準備的滿桌飯菜和擺在飯桌上的、繳付百萬韓元會員費後才能拿到的婚友社資料。瞬間，我聽到理智線斷掉的聲音。我抬頭看向廚房，媽媽低著頭正在切豆腐和青陽辣椒，她瘦小的背上印著我熟悉的標誌——高中運動會時班上訂製的團體T恤。還沒等媽媽開口，我就把資料攥在手裡了。

「你幹嘛把錢花在沒用的地方？有錢就去買一件像樣的衣服穿吧！」

我狠狠地把資料扔在地上，但媽媽一眼沒眨就直接撿了起來。

「媽媽什麼也沒為你做過，沒送你去念過貴的補習班，也沒送你出國進修……珠妍啊，你很努力，從不讓我操心，你知道我多心存感激，又多愧疚嗎？」

媽媽一邊把滾燙的醬湯端上桌，一邊說：

「至今為止，什麼事你都靠自己，而且都做得很好。但媽媽想為你做這件事。別的不說，這可是人生大事，我一定要把你嫁出去。」

媽媽又開始自編自導自演了。這種偉大的語氣就像是在告訴我，她下了很大決心要來彌補我的失敗。但問題是，我是不婚主義者，而且我已經跟她講過很多次了。

「幹嘛又讓我當不孝女？我不是說了很多次我不想結婚！我根本沒有結婚的打算！」

「沒事，你別擔心，這件事交給媽媽。」

她又假裝沒聽見，我們根本無法溝通。媽媽平時聽力好好的，但只要我一說不想結婚，她的耳朵就像掛了過濾器，立刻把不想聽的話排除掉。我氣得奪門而出，直接回住處。那天之後，兩個月過去，我都沒有接媽媽打來的電話。冰箱裡的小菜快見底了，手機不斷收到婚友社的訊息。

加入媽咪社群一週後，我收到升級正式會員的通知。我傳私訊給「俊書媽」，詢問了教練的聯絡方式，很快便得到一個電話號碼。俊書媽在回訊中還說，如果說是她介紹的話，教練一定會用心教的。

我回覆謝謝，又瀏覽了一遍社群。就在這時，「二手交易」公告欄出現了新貼文。我漫不經心地點進去，一張照片映入眼簾：十條巴掌大小、印有汽車卡通圖案的小三角內褲，每五條一排，並列擺成兩排。照片下方寫道：「一條一千韓元，十條八千韓元」。此外，還有附加說明：「適合三十個月左右、剛停用尿布的孩子。全部內褲洗得很乾淨」。

我知道媽咪社群有在交易育兒用品，但沒想到還有人買賣穿過的內褲。無論是花一千韓元購買穿過的內褲的人生，還是靠出售穿過的內褲賺取一千韓元過日子的人生，都讓我覺得無比陌生。之前我偶然看到某社群的一則貼文抱怨說，每次幫丈夫洗內褲時，都會發現內褲上沾有一點大便，因此對丈夫漸漸產生反感。看到貼文受到的衝擊只是暫時的，底下感同身受的留言著實嚇了我一大跳。我之所以決定不結婚，很有可能就是因為看到了這些素不相識的人生動描繪的婚後生活。我對這些人感激不盡，想到我差點在對這些小細節一無所知的情況下跟某人結婚就不禁毛骨悚然，光是想像成年男人寬鬆的四角內褲上沾著大便，就已經教人瑟瑟發抖了。我趕快退出社群，關掉網頁，迅速逃離那個一條內褲一千韓元、十條內褲八千韓元的世界。我心想，我只要洗自己的內褲就好了，這很輕鬆。

存好電話號碼後，通訊軟體的好友中自動出現了一個新用戶。我點開頭像，看到一個身穿白色網球洋裝、曬得黝黑的女人。她綁著高高的馬尾辮，雙手緊握綠色的網球拍。照片拍下了擊球前的瞬間。她的狀態列寫著：「韓國的莎拉波娃」。我傳訊問：「您是駕駛教練嗎？是俊書媽介紹我來的。」稍後，收到了回訊。

（請填寫以下表格）

姓名：

住址：

年齡：

血型：

車型：

考取駕照時間：
希望練車日期：

從回訊時間來看，對方不是直接輸入，而是複製貼上內容。我鬆了口氣，心想找對了人，但下一秒又納悶為什麼要填寫血型？難道是擔心訓練途中出車禍，為了及時輸血？如果不是這樣，練車沒有理由詢問血型。我填好表格回傳，詢問費用。這次對方也回覆得很快。

基本每天兩個半小時，五個小時十二萬韓元，十個小時二十二萬韓元。

我想了一下，回覆說：

我先約五個小時，如果還有需要的話，到時再加十萬韓元換成十個小時可以嗎？

這次半天沒有回訊。

本來不行，但您是俊書媽介紹來的，就這樣吧。

本來不行，但有什麼好不行的？

對方又傳來一則訊息：

剛才的報價是開我的車，如果開自己的車需要再加一萬韓元。

我回覆「知道了」以後，感到哪裡怪怪的。開自己的車不是應該更便宜才對嗎？又不用加油，為什麼還要加一萬韓元呢？我聽說教練車的副駕駛座也有煞車，難道是預防交通事故的費用？我的車沒有這種輔助煞車……所以出事的機率更大……啊，不要再想交通事故了！

我知道自己在杞人憂天，但只要一想到開車上路，還是忍不住會想到交通事故。我決定不追問為什麼開自己的車還要加錢，肯定有理由，況且我也不想因為這種小事讓對方感到不悅，畢竟我要跟教練坐在車裡至少五個小時，最好不要先傷了和氣。一萬韓元還好啦，念書的時候，我也會為一、兩千韓元省吃儉用。剛入社會的時候，花一、兩萬韓元也會手抖。但現在的我已經是在大公司工作九年的會計師兼資深經理，不用再在乎這種小錢了。教練又傳來一則訊息：

最好穿鞋底薄的帆布鞋，平底鞋皆可。請自備飲水。

到底是什麼樣的人呢？我覺得哪裡怪怪的，但也莫名感覺她有很專業的一面。

*

一個戴著細銀框眼鏡、短髮的阿姨用手背敲了敲我副駕駛座的窗戶。我邊用眼神打招呼，邊按按鈕降下車窗。車窗還沒完全降下，阿姨就把頭探了進來。

「你是來練車的吧？」

「是，您好。」

阿姨打開車門，坐上副駕駛座，把樂扣保溫杯插在杯架的同時調整了一下坐姿。她的左腋下夾著一根長長的棍子，閃亮的金屬材質，雖然是金色，但肯定不是真金，末端還是彎曲的。

「我先準備一下。」

忽然，阿姨彎腰把頭埋進駕駛座下方，我嚇得趕快收攏雙腿。她似乎是想把那根令人費解的棍子固定在煞車踏板上。剛才從正面看還不知道，她的後腦勺滿是白髮。阿姨在我腳旁喀噠喀噠搞了半天才直起腰。肯定是因為血液倒流，她的臉漲得通紅，一邊用手當作扇子搧著漲紅的臉，一邊解釋說，這根叫作「訓練棒」的金色棍子是為了遇到危險狀況時按住煞車而特製的。聽她這麼一說，從昨晚就開始擔心的我稍稍鬆了口氣。

阿姨接著說：「那個貼紙根本沒用。」

「嗯？」

「新手駕駛的貼紙。那麼小，誰看得見啊。」

「啊，是喔……」

不知道為什麼新手駕駛的貼紙都那麼醜，我不想在新車上貼那麼幼稚的貼紙，但又不能不貼，所以百忙之中上網買了一張還算看得過去的貼紙。正方形的框框裡大寫英文字母「NEW DRIVER」的設計十分簡潔，雖然尺寸比其他貼紙略小，但我覺得可以充分發揮作用。

「這貼紙不行，你得換一個大的。」

剛見面就被挑毛病，我一時畏縮了起來。就在我擔心上路後肯定會挨更多罵時，阿姨突然就開始教學了。

「好，你先踩一下煞車。」

我用右腳踩了一下煞車。

阿姨接著說：「很好，再踩一下油門。」「打一下左轉燈。」「再打一下右轉燈……」

「那個，老師。」

我本想稱呼她為教練，但習慣使然，下意識地說出了「老師」。

「我不是剛學開車，我之前上過駕駛訓練班。」

「那為什麼還要找我練車？」

就是說啊，我為什麼要練車呢？

我遲疑了一下，開口說：「嗯……旁邊坐人我練過很多次，但一個人上路我就會緊張，總覺得會出事。」

我自述了一遍自己的問題：我知道駕駛方法，也知道應該怎麼做，但是我的膽子太小了。我希望在教練的陪同下上路，累積實戰經驗，克服開車的恐懼。最好先練習通勤的這段路線，畢竟當務之急是上下班……但阿姨沒有認真聽我講話，中途打斷我，說路線由她決定，要我先發動引擎。我不高興地按了一下發動按鈕，沒有成功。阿姨告訴我，應該要腳踩住煞車再按發動。這次成功了。

「好，出發。」

我把踩著煞車的腳移到油門上，車子開始前行。

「喂，不要一腳踩到底，要輕輕地踩。對，就是這樣。」

就在我覺得她的語氣很沒有禮貌的時候，她一邊調整後照鏡，一邊單刀直入地說：「我講話可能很直很快。」

阿姨解釋說，上路後分秒必爭，很難慢條斯理地講話。我很不喜歡這樣，但想到她也是顧及安全，只好點了點頭。見我乖乖地應了聲「是」，阿姨這才嘴角上揚，笑著說：「你們這些新人在我眼裡就是孩子。」然後又補充一句：「而且還是剛出生的孩子。」

清晨六點的車道非常冷清，我按照她的指示，煞車、右轉、左轉、變換車道。

後視鏡的角度應該調整為水平線置於中線位置，絕不可以一直看，只能看一秒，最多兩秒。如果透過後視鏡可以看到後車的車頂到車輪，就表示有保持充分的間距。這時踩住油門，加速的同時一打方向盤就可以變換車道了。

我隱約感受到她在挑剔無比的媽咪社群裡有好口碑的原因，雖然不是很親切，但說明簡單易懂，根據路況傳授的公式也很容易記住。在她利用金色訓練棒即時提供幫助的情況下，我不知不覺間已經換了十二次車道。車子開過十字路口，成功左轉緩速開過減速墊的時候，阿姨開口問：「那個，你怎麼這麼早出來練車，老公豈不是要餓肚子上班了？」

「老公？」

「你不用準備早飯嗎？」

「我沒結婚。」

就算結了，我也不打算煮飯，我可是很忙的。話到嘴邊，我還是嗾了下去。面對提出這種問題的人，光要思考如何解釋就已經讓我精疲力盡了，更何況我正在開車。置身陌生的空間，為了求生，我根本無暇思考別的事。我全神貫注地開車，將辯論的思緒轉移到其他方向。

「原來你未婚啊。我還以為你結婚了呢，怪不得我覺得你不像。你是二十幾歲吧？」

阿姨突然稱讚我的皮膚有彈性，還說我「提早」練車是明智之舉。我一頭霧水，聽下去才明白，原來她的意思是，等婚後有了孩子就知道開車的必要性了。她還補充道，很多人懷上第二胎才想要練車。我們見面不到兩個小時，她就擅自幫我做了生育規劃，她的無禮讓我對她剛剛建立起的信任和好感瞬間消失，更讓我生氣的是，今天的時間只剩下一個小時。我是為了開車通勤才請她上課，可是她卻一直讓我往別的地方開。

我又問一次：「我、我剛才已經說過，現在是不是應該要練習一下我通勤的那條路了啊？」

阿姨嘆了一口氣，「唉，你再等等，我自有安排。」

然後又補充道：「難道你這輩子就只通勤啊？如果能在任何情況下開車，自然就能開車上下班了。今天先打好基礎，明天再練習通勤路線就能得心應手了。」

剩餘時間只剩下今天的一個小時和明天的兩個半小時，總共三個半小時。我近十年都沒有克服的問題，再練三個半小時能解決嗎？我不禁開始懷疑她是想讓我再多上五個小時，然後才肯帶我練習通勤路線。我又解釋了一遍，我和她至今為止教過的學生不同，不能用那些學生的標準來評斷我，我比一般人更膽小，必須馬上練習通勤路線……

阿姨噗哧笑了出來，「你一點也不膽小啊。」

我啞口無言，第一次把視線從正前方移向了副駕駛座。

「嗯？」

「膽小的人怎麼可能這樣開車，不可能的。」她搖了搖頭，接著說：「膽小的人怎麼可能哐哐猛踩油門、嗖嗖快打方向盤？真正膽小的人做不到的。」

她看錯人了，我明明就很膽小。我因為害怕擋住別人的路，擔心撞到別的車輛，所以才下意識地猛踩油門、快打方向盤。她根本什麼都不知道。我才是最了解自己的人，再這樣下去，我肯定沒辦法開車上班。看到我一聲不吭板著臉，阿姨這才提議，今天結束前往返一次通勤路線。我在導航輸入公司地址，出發。

「老師，等一下要左轉，現在應該要換左車道了吧？」

「嗯，注意後面，換過去吧。」

我按照她教的，先打左轉燈，掃了後視鏡一秒，確認能看到後面車子的車頂和車輪後，左打方向盤，開向左車道。就在這時，副駕駛座傳來刺耳的尖叫聲：「小心！」

後面的車長按喇叭從旁邊一閃而過，震耳欲聾的喇叭聲就像在向我示威。阿姨鬆了口氣，對我大喊：「李小姐！我不是說過不能像泥鰍一樣亂竄嗎？」

我不理解眼下的狀況，反問：「我哪裡做錯了嗎？我按照你教的，先看後視鏡確認車距，然後才換車道的啊。」

「我的天啊！這裡是車道，跟高速公路一樣，車都開得很快，你得考慮別人的車速啊！」

你又沒教，我怎麼知道。我突然感到很委屈。

結束後，我把車子停在公寓的地下停車場，叫計程車去上班。一整天我都無法擺脫浪費了時間的想法，我以為兩個半小時可以幫我充分克服問題，但最後的泥鰍事件又把我拉回了原點——九年前報名駕訓課程的那天。我一點長進也沒有。

駕訓班褪了色的黃車，只要坐在髒兮兮的駕駛座上，我就覺得自己像是被丟棄在陌生世界的孩子，焦慮不安，彷彿擁有的一切都被強制歸零了。踩油門的時候，不是過猛就是太輕，而且經常錯過打方向燈或危險警示燈的時機；倒車的時候，即使不停轉動方向盤，反覆倒退又前進，最終也只是在原地打轉；排檔桿移至R檔的瞬間，思緒就亂成了一團。我在腦中不斷反轉車輛，在不確定的情況下用力踩下油門，結果一側車輪開上停車位後方的花圃，挨了教練一頓訓斥。恐怕整個駕訓班，只有我一個人在重複這種錯誤。駕駛技術糟透了的我很害怕上路，我擔心握住方向盤的自己搞混煞車和油門、不打方向燈就變換車道、左轉時越過中央車線逆向行駛，破壞道路秩序。好不容易考到駕照後，我只上路過幾次，從未獨自駕駛過，因為只要握住方向盤，我就會聯想到交通事故，以及由此導致的道路或身體癱瘓，甚至死亡。無論怎麼練習，我都無法克服恐懼，反而產生了「有必要頂著這麼大壓力開車嗎？」的疑問。

那天晚上我失眠了，只要閉上眼睛，腦中就會不斷重播那些危險的瞬間。不合格、熄火、下車、不要像泥鰍一樣亂竄、這是車道，車輛嗖嗖飛馳而過，嗖嗖、嗖嗖……

我側躺在黑暗中，打開手機搜尋「駕駛恐懼症」時，看到了標題名為「克服駕駛恐懼症」的網路文章。我點進去，瀏覽了第一章「練習緩解緊張」。

把自己喜歡的東西放在車裡，喜歡的玩偶、香水或情人的照片。

接下來是使用腹式呼吸，慢慢用鼻子吸氣，讓空氣填滿肺部後，憋氣三秒鐘，最後從十開始倒數，慢慢吐氣，按照同樣的方法重複十次……

第二章是「講積極肯定的話」。

我正在安全駕駛，沒有超速。開車是日常的一部分，我是很謹慎小心的司機。我不需要開得太快，身處右車道可以比其他車道開得慢，就算車道錯了，也沒有必要危險地變換車道，錯過岔路口就安全地左轉，若不舒服就停在路邊休息一下。我可以控制自己的不安，可以隨時加入有相同困擾的新手司機社團……

「講積極肯定的話」做了這樣的結尾：

光知道不是只有自己害怕上路，就對克服恐懼很有幫助了。看到除了自己以外，還有很多人害怕上路後，的確沖淡了我心中無論如何都做不到的想法。

如果能就此打住就好了。

但我又點擊搜尋框，搜尋了「交通事故」。人們每天都會因為各種原因死在路上，我現在還不想死，有生以來，我第一次這麼不想死。為什麼偏偏這時候會想到死亡呢？這兩、三年我才剛過上滿意的生活，我不想現在就死掉。這個瞬間，我懇切地希望有人對我說：「珠妍啊，你要是那麼不喜歡開車，就不要開了。」哪怕是用斥責的語氣說：「算了、算了，你不想開就不要開。」我也無所謂，但沒有人這樣對我說，沒有人叫我不要開車。

隔天見面的時候，阿姨手裡拿著一張A4紙，上面以新細明體印著「新手」兩個大字，字大得再也容不下第三個字。我目瞪口呆地看著那張紙，阿姨看著我的表情問：「怎麼了，李小姐？覺得丟人啊？」

「沒、沒有……」

「你是不想把它貼在昂貴的進口車上吧？」

是的，我不想。阿姨看了我一眼，彷彿看穿了我的想法。

「你以為進口奧迪就能保護你嗎？」

阿姨接著說：「能保護你的是這張紙。」她邊說邊晃了晃手上的A4紙，晃動的紙張發出清脆的聲音。

不是「駕駛新手」，而是「新手」，也許是這兩個字發揮了作用，上路後，我莫名感受到其他車輛的友善。就算我失誤或緩慢前行，也沒有車輛像昨天一樣對我狂按喇叭。

我於是開了口：「貼了那張紙，真的沒有人按喇叭了耶。」

「是吧？但也因為你比昨天進步了很多。」

聽到阿姨的稱讚，我又重拾自信，第一次順利開完了通勤路線。

阿姨得意洋洋地說：「看吧，昨天打好基礎，今天就輕鬆多了。」

接下來，為了練習停車，我把車子開進公司的地下停車場。阿姨的金色訓練棒又開始忙碌起來：

「踩煞車輕點兒」、「喂，左邊靠得太近了」、「不是，右邊貼太近了」、「找好方向就踩油門，方向盤不用打那麼大啦」。

我明明理解，手腳卻不聽使喚。我緊張得肩膀一直用力，這才勉強躲過了幾次撞到兩側牆壁的危機。一層一層轉下去，轉得我只想吐，到達地下五層的停車場時，阿姨隨口嘟囔一句：「這裡的停車場也太窄了，設計有問題吧。」

在清晨沒有一輛車的停車場，阿姨結合公式，傳授我倒車入庫的方法。

在停車位的外線與肩膀線成直角的情況下開始倒車，方向盤右打到底，一直往後開，透過後視鏡看到後胎開過車位線的四分之一時停下來。換成R檔後，反方向打方向盤到底，然後倒車。換到R檔後，搞混方向很正常，一開始誰都會搞混方向，能得心應手才奇怪，這時候，只要把方向盤轉到希望車尾移動的方向就行了。最後倒車倒到車尾底盤碰到減速墊，就大功告成。

只要按照公式，就不會覺得困難。接下來，倒車入庫、正前方停車和側方位停車都成功了。

阿姨說：「很棒啊！我看停車不用再練習了。我把停車的方法傳給你，只要按照上面寫的做就可以了。」

阿姨拿出手機，打開備忘錄，複製全文後傳給我。她的停車祕訣伴隨著手機震動音瞬時進入了我的口袋。

隨後，阿姨提議練習新的路線，她說開進這棟樓停車場的路太窄，最好在狹窄的小路多練習一下，調節速度，附近就有一條蜿蜒的羊腸小道，非常適合練習。阿姨的意思是，只要在那條狹窄、彎曲的小路上往返三、四次，就可以輕鬆應付停車場的路了。這時，我的肚子發出了咕嚕聲。

「李小姐，你餓了？」

「嗯，我沒吃早餐。」

我突然又好奇一問：「您給老公準備好早餐後才出來的嗎？」

「沒有！」

我們同時笑出來，阿姨臉上掛著笑容，突然呵斥：「準備什麼早飯！我一大早就出來工作，哪有時間管他！」

我們決定下車吃點東西。清晨時分，很多店都還沒開門，但我記得剛才看到附近有一間便利商店，可能腳程五分鐘。我和阿姨走出停車場，去便利商店的時候我才發現，她比我想像中來得瘦小。坐在車裡的時候看不出來，現在並肩而行，我竟然覺得她瘦小得驚人。清晨的陽光十分曬人，我正打算加速走進涼快的便利商店時，阿姨大喊一聲叫住我：「欸，李小姐！你慢點走，怎麼走得那麼快啊！」

「我有很快嗎？」

我不覺得自己走得很快，反倒覺得她走得太慢了。

她一邊快步追來，一邊說：「李小姐性子真急。」接著又補充道：「O型的人都這樣。」

「嗯？」

「我家小女兒也是O型，爭強好勝，性子也很急。」

我這才明白了為什麼要填寫血型，她是想透過血型來了解學生的性格。因為我很久沒有遇見相信血型的人，忍不住笑出來。

阿姨問：「你是不是覺得這年頭相信血型的人很傻？」

「沒有！」

「你可別誤會，我也不相信，但這東西也有很準的時候。很神奇吧，所以我才會問學生，提早了解一下性格，教起來更容易。」

阿姨緊接著又補充一句：「雖然我也不相信。」

我故意用力點了點頭，不想被她看穿我覺得相信血型很可笑。聽她這麼一說，我也覺得好像真是這樣，我是O型，性格的確很急，這是不可否認的事實。

我有意識地放慢腳步，配合阿姨的步調。我們各自買了長崎蛋糕和三角咖啡牛奶，然後慢悠悠地走回地下停車場。今天天氣比昨天還晴朗，公司大樓的玻璃窗映照出藍天和白雲。

阿姨仰頭望著大樓問：「李小姐在這麼好的公司上班啊？」

我不在這裡上班，只是來參與一個專案，我們公司總部的大樓比這棟樓更大、更華麗。

「這公司還不錯。」

「公司裡女職員多嗎？」

我想了一下。其實會計師多為男性，參與這次專案的五個人裡也只有我一個女生，但我回答說：「很多。」

「五十幾歲的人也有？」

我邁著比剛才更慢的腳步，想了想，五十幾歲？我還真沒留意過。我們公司有五十幾歲的女職員嗎？五十幾歲的話，就是專務級了，但我們公司的專務都是男性。我又想了一下常務級的人，但不確定那個人的年齡，唯一想到的人也不是五十幾歲，而是四十多歲。真的沒有一個五十幾歲的女性嗎？但我回答：「有。」

「是喔？」

我把最後一塊長崎蛋糕塞進嘴裡說：「嗯，有很多。」

我們走到通往地下停車場的電梯，阿姨一邊自言自語問我幾點了，一邊翻開手機殼。畫面亮了一下，我斜眼看到手機桌布是她通訊軟體頭像上的少女。畫面變暗後，她又按了一下側面的按鈕，網球少女再次現身。她用拇指在畫面中央，也就是綁著高馬尾、曬得黝黑的少女臉上點了兩下後，闔上蓋子。我趕快轉開視線，假裝什麼也沒看到。就在這時，我腦中浮現了另一張照片——網球少女手捧巨大的冠軍盃，金色、閃閃發光的大獎盃。由於獎盃既大又重，少女一個人拿不了，只好捧著一邊，把另一邊交給別人。手捧另一邊獎盃的人就是阿姨。阿姨比少女瘦小，所以獎盃一直往她那邊傾斜，但她笑得比少女更開心、更燦爛，也許這個場景就是阿姨人生中最棒的瞬間。

我還認識另一個和阿姨相似的中年女性。

「我活了五十年，今天是我最開心的一天。」

註冊會計師考試放榜的那天，媽媽這樣對我說。在此之前，也是因為我，媽媽擁有了三、四十年來最開心的瞬間。我在班裡考第一名、進入理想的大學、領取獎學金、通過註冊會計師考試和進入大公司的時候，媽媽也依次更新了人生中最開心的瞬間。每當這種時候，我就會告訴自己絕對不要過這種由別人決定自己開心與否的人生。我和阿姨同時發出吸管吸乾最後一滴牛奶的聲音，接下來，就要去練習她說的那條羊腸小道了。

按照阿姨說的，車開了沒多久就出現一條兩側梧桐樹林立的S形彎道。我熟練地轉動方向盤，問：「這就是剛才您說的那條羊腸小道嗎？」

阿姨感到無言，回答說：「這哪是羊腸小道啊。唉，我看你根本不知道什麼叫羊腸小道。」

阿姨笑了半天，然後提高音量說：「我說李小姐啊，這裡可是花路，花路！」

車子又行駛了十五分鐘左右後，出現了她說的羊腸小道。車子開進鬱鬱蔥蔥的山路入口後，我馬上明白她剛才說的花路是什麼意思，因為接下來都是土路。這一區竟然還有這種地方，就算來過也不會想到這裡可以開車。輪胎輾過小石子的聲音清楚地傳入耳中，我的臀部和背部透過座椅感受著路面凹凸不平的顛簸。這條小路比開進停車場的路還要長、還要彎曲，而且高低起伏，根本看不到盡頭。

越往前開，樹林越是茂密，夏末清晨的陽光從高大的樹木之間射下來，耀眼的陽光透過窗戶照在臉上。根據樹葉垂落的形狀，一側的臉頰時而溫暖，時而涼爽，若不小心開出彎曲的土路，車子就會跌落山坡。但奇怪的是，我的心情異常平靜，我游刃有餘地踩著油門，轉動方向盤，行駛在羊腸小道上。

慢慢踩踏，再緩緩鬆開。

溫柔地轉動，再慢慢回到原位。

阿姨觀察我，開口說：「現在你已經懂得調節速度了。」

就在這時，眼前豁然明亮，茂密的林間小路結束後，視野瞬間開闊。與此同時，左側可以看到一片湖水，放眼望去，湖的面積很大，想開過去可能需要很長的一段時間。清晨的陽光灑落在寬廣、寧靜的湖面上，閃閃發光。不知從哪裡傳來鳥鳴，為了聆聽小鳥清脆的歌聲，我按下按鈕打開窗戶，瞬間，我嚇了一跳，我竟然第一次在駕駛的時候，鬆開方向盤，做了其他動作。

我稍稍用力踩下油門，映射著藍天、白雲和綠葉的湖水進入視野。就在這一瞬間，我覺得再也不怕開車了，這是我從未有過的感受，十分神奇，我甚至理解了之前無法理解、熱衷於開車兜風的人們的心情。那些人不是為了抵達目的地，而是為了享受駕駛而握住方向盤的。

「老師。」

「嗯？」

「這條路好美喔。」

阿姨呵呵笑，應道：「很美吧。」

不知不覺間，車子開到了剛剛還覺得很遠的湖水另一頭，一群鴨子緩緩地從湖面游過。

*

「那個，明天和後天，我想再上五個小時的課。」

結束羊腸小道訓練，返回公寓地下停車場的路上，我說。兩天上了四個小時的課後，我認可了她是一位非常有能力的教練，我覺得再跟她練習五個小時的話，就可以一個人開車上路。我以為阿姨會欣然同意，然而她的反應出乎我的意料。

「不行，我不教了。」

「為什麼？」

「你已經開得很好了，沒有必要再練習了。你已經可以一個人上路了。」

面對出乎意料的回應，我開始感到不安。

「不，我想再練習一下，我覺得只要再練五個小時，就真的可以一個人上路了。」

「唉，我說不行就不行，你把腿移一下。」

阿姨彎下腰，把頭探向煞車踏板，拆下與剎車踏板相連的訓練棒。我詫異地看著她的後腦勺和後背。她真的不打算教了嗎？她憑什麼高估我的實力？今天的課還有半小時呢。

阿姨直起腰，邊收訓練棒邊說：「多加時間，就能多賺點我女兒的網球課錢，當然好。」

她放下副駕駛座的遮光板，照著鏡子，整理了一下凌亂的頭髮，接著說：「但你要練到什麼時候？不管怎樣最後還不是都得一個人上路？」

阿姨說的沒錯，我再練五個小時以後，還會想再加五個小時，之後再繼續下去。她放下一側的頭髮，將另一側塞到耳後。

「剩下的三十分鐘是遠程教學。」

我一頭霧水，眨眼看著她，她打開車門下了車。幹嘛，怎麼下車了？這樣車裡不就只剩下我一個人了嗎？車門關上後，我嚇得手指發抖。手機發出長長的震動音，我望著站在車外的阿姨，手伸進手提包尋找手機。

阿姨晃了晃手中的手機，透過半開的車窗說：「我打的，你用擴音接聽。按照我教的，你一個人從這裡開到公司，知道了嗎？」

阿姨的意思是，她會開車跟在我後面，用擴音指導我。空蕩蕩的車裡只剩下我一個人以後，心跳開始加速了。車裡沒有我喜歡的玩偶、香水或情人的照片。呼吸也變得急促了，我用力吸氣，從十開始倒數，再慢慢吐氣，十、九、八、七、六……這時，後面傳來短促的喇叭聲。我透過後照鏡，看到阿姨駕駛的銀色老款現代Avante。

阿姨的聲音從手機擴音傳出來：「看到我了吧？出發吧。」

我鬆開煞車，車子緩緩前行。副駕駛座沒有人，這是我首次獨自上路，阿姨為了不讓我在意，不停地講話。

「來，確認一下有沒有人經過。右轉，慢點，很好。」

「下面是左轉，看準時機換車道，很好。」

「現在不要換車道，等後面那輛黑色的Sonata過去後再換。」

我深呼吸，保持鎮定，每當感到不安時，我就看一眼後照鏡。與阿姨視線相交，確定她一直緊跟在後，我才能安心地一路往前開。但是……等一下……這條路對嗎？明明是直開的車道，怎麼越開越不對勁？不知不覺間，我開到了左轉車道。

我急忙對跟在後面的阿姨說：「老師，怎麼辦？我好像開錯車道了。」

「哎唷，真的耶。」

我看了一眼右後視鏡，車子一輛接著一輛行駛而來，如果現在不換車道，就要左轉了。但那條路我一次都沒開過，一個人肯定不行。我感到頭暈目眩，方向盤都濕了。我怎麼會出這麼多汗？這樣下去，手滑了怎麼辦？我的心跳再次加速。

阿姨淡定地說：「我會在你後面擋住那些車，你趁機換到右邊的車道，知道了嗎？」

阿姨打了右轉燈，強行插進右邊的車道。等待號誌燈的幾輛車同時按喇叭，那冷漠、暴躁的喇叭聲不是針對我，而是針對阿姨。號誌燈變換，阿姨急促的聲音傳了出來：「現在，就是現在！」

阿姨的車橫擋在左轉車道和右車道之間，我迅速開到前方車輛駛離後空出的空間，然後按照阿姨教的，按下危險警示燈，表示感謝。

我用濕漉漉的掌心握緊方向盤，把臉湊近手機架說：「阿姨，謝謝你。」

「哎唷，你還有閒情道謝啊！看前面！」

擴音再次傳出阿姨的聲音：「直走，很好。」

「你做得很好，就這樣繼續下去吧！」

＊網路文章〈克服駕駛恐懼症〉參考了wikiHow的〈How to Overcome a Driving Phobia〉。

Fun Fun Festival

펀펀 페스티벌

與往常一樣，我在一年的最後一天沒有什麼特別的計畫，也許會去教會做送舊迎新的禮拜吧。我知道同齡人會找各種理由辦派對，邀請「我認識的人」和「你認識的人」聚在一起熱熱鬧鬧地跨年，正因如此，時隔許久收到李贊輝的訊息時，我沒有很驚訝。

你有看到Instagram上「緊急救援」要舉辦送年會的消息吧？這次我打算租一個Live Club，辦得盛大一點，既可以表演，也能Jam一下。你會來吧？

面無表情的我看到李贊輝非要把玩音樂寫成「Jam」，噗哧笑了出來。稍後，他又傳來一則訊息：

可以帶朋友，也可以帶男朋友，如果你有交往對象的話。你會來吧？

這傢伙就會明知故問。李贊輝說的「緊急救援送年會」訂在即將到來的十二月三十一日。我很矛盾，我不想像邊緣人一樣尷尬地夾在那些派對咖之間，但又很想體驗一下年輕人是怎麼跨年的。如果是平時，我可能不會參加，但那天是我即將開啟三字頭的最後一天，所以我很想做出新的嘗試和選擇。況且，李贊輝不僅私下傳訊息給我，還問了我兩次會不會去。

*

五年前的夏天，我和當天初次見到的七個人圍坐在京畿道郊區的研修院禮堂。雖然是夏天，但地板卻冒著涼氣，也許是因為抱膝坐在地上，所以屁股感覺涼涼的。我們身穿淡藍色（藍色小精靈的那種藍）的短袖T恤和相同顏色的運動褲（褲子側邊有一截手指寬的白線），T恤外面還套了一件網紗的小組背心。淡灰色的背心破舊不堪，骯髒的程度讓人懷疑之前根本不是這種顏色，而且胸口與肚臍之間還貼了一大張貼紙，上面寫著「9組劉智媛」。就算我再努力憧憬美好未來，這身打扮還是無法讓人開心起來。

比起這身土裡土氣的衣服，更教人鬱悶的是令人窒息的氣氛，在場的人都是來競爭世明集團工作的畢業生。不，這算競爭嗎？應該說是合作吧？如果讓所有人站成一排往前跑，把機會給最先抵達終點的人，那就可以在全力衝刺和趁早放棄之間二選一了。這樣的話，我就不會這麼累了。

通過第一輪履歷篩選和第二輪適應能力測試後，求職者面臨的第三道關卡是當時以金融業為中心的大規模企業間所流行的集體住宿面試。雖然沒有人明說，但在求職者之間流傳公司會暗中給每個人打分數。我心存質疑。不過都走到這一步了，很難不在乎這種傳聞。

面試者在三天兩夜裡要做的事情，就只有聽演講和上課，然後以小組為單位參加最後一晚的「Fun Fun Festival」，在考官面前表演節目。不是表演什麼都可以，每個小組必須在有限的主題中挑選一個，我記得有舞台劇、魔術、疊人塔（西班牙加泰隆尼亞的傳統活動）、四物打擊樂[2]、樂團和K-POP舞蹈等。各小組表演結束後，大家會和考官一起在戶外烤肉、喝酒，簡單地交流。最後在隔天換上自己準備的正裝，參加討論會並和主管面試後，才算結束所有行程。

每個小組的名額有限，有些小組的報名人數超出名額，成群結隊的藍色小精靈在禮堂熱熱鬧鬧地進行「剪刀石頭布」或「站站坐坐」的淘汰賽。我選了第9小組——「樂團」。幸好樂團有必須會演奏樂器的門檻，所以報名的人很少。我其實不會演奏樂器……但我很會唱歌……自己講出這種話還真不好意思。我從沒想過要當歌手，但我參加過教會的樂團，也參加過學校裡唱歌的社團（雖然時間都很短），高一的時候，我還在班導師的婚禮上唱過歌，國中三年的合唱比賽也都是由我領唱……國小還參加過KBS電視台的兒童合唱團。回想起來，我可能就是在那時發現自己「很會」唱歌，但也清楚

2 四物打擊樂，又名農樂，流行於南韓、北韓和中國朝鮮族聚居區的傳統樂器組隊形式，由鼓、長鼓、鉦和小鑼四種打擊樂器組成。

地知道自己並不是「天籟之音」。KBS合唱團裡有很多會唱歌的孩子，我目睹過其中最會唱歌的孩子在小六時報考藝術中學，結果慘遭淘汰。自那之後，我便意識到這世上會唱歌的人數不勝數，僅憑自己這點實力就想出人頭地，簡直就是在作白日夢。因此，雖然不能在全國出人頭地，但我滿足於現狀，周圍的人會稱讚我的歌喉，而且在意想不到的場合（例如找工作面試的時候）可以表演一技之長，對我而言剛剛好。我一邊邁著輕快的步伐朝「第9小組（樂團）」的旗子走去，一邊心想能參加樂團是多麼幸運的一件事，按照表演順序，樂團小組排在所有表演的最後，也就是說，我們會為「Fun Fun Festival」畫下華麗的句點，可以給考官們留下深刻的印象。

第9小組的旗子下聚集了幾個人，其中一個男生拿著A4紙和原子筆一邊詢問，一邊寫著什麼。那個男生比其他人高出一個頭，運動長褲短到露出腳踝。他聚精會神地寫著，稍後才看到我，然後朝我走來。但是他那張臉……難道……該不會是……

「你要參加樂團嗎？打算擔任什麼位置？」

天啊，我一眼就認出他了。這個眉毛整齊，開口講話時黑褐色的中分瀏海會微微晃動的男生就是李贊輝（他曾是知名娛樂公司的練習生，還做過《明日大學》雜誌的封面模特兒，更是外大三大美男子X、Y、Z中的Y）。我有追蹤他的臉書和Instagram，因為總是滑到他的照片，莫名覺得已經認識他很久。怎麼會這樣？真人的臉竟然這麼小！我在心底感嘆……同時控制著自己不要講出來……我回答我想擔任主唱。

「主唱？」瞬間，李贊輝的嘴角上揚，隨即又回到原位。他接著問：「你有唱歌的經驗嗎？」

「嗯……有，但不足。」

「在哪裡唱過？」

奇怪，怎麼感覺好像在面試？就在我猶豫不決的時候，他又開口說：「在哪裡唱過？KTV嗎？」說完哈哈大笑了起來。

我瞬間有些惱怒，但看到他笑起來時雙頰深深的酒窩，那股怒氣又消失了。

「我組過樂團。」

「什麼樂團。」

「教會的樂團。」

「啊，教會……」

我察覺出他略感洩氣。只要是追蹤他Instagram的人，就能猜到他會選擇主唱，雖然我馬上意識到我很不受他的歡迎，但公司發的A4紙上（不知道那張紙為什麼會在他手上）寫著可以有兩名主唱，所以他也沒理由趕我走。

李贊輝問我：「你叫什麼名字？」

我默默用雙手抓住寫了名字的背心下襬，李贊輝瞥了眼，點了下頭，抄寫到A4紙上。他側臉的輪廓好似雕像，我還是第一次看到如此高挺的鼻樑。看到主唱欄裡並排寫著我和他的名字，幻想立刻展開了翅膀：我們都被世明集團錄用、祕密戀愛、社內情侶、婚禮禮堂門口擺著世明集團會長贈送的花環、婆媳矛盾……但幻想來得快也去得快，主唱欄位下方依次填上吉他手、貝斯手、鼓手和鍵盤手，擔任鼓手的女生靠近李贇輝，用食指戳了一下他的背說：「我們可以坐下來討論嗎？」

環顧四周，只有我們小組的人站著，其他小組早已確定好人員，圍坐在地上展開討論了。雖然不知道大家為什麼要徵求李贇輝的同意，但聽到他說：「我們也坐下吧！」幾個人這才圍成圈坐了下來。李贇輝坐下後，把A4紙放到地上，轉成方便大家看的方向，指著「組長」的空格說：「我們得先選出組長。」

他左右看了一眼大家，接著問：「有人想擔任組長嗎？」

不光是我，可能所有人都猜到了，一邊問一邊把手舉到油光鋥亮的臉旁的他就是這個小組的組長了。

*

我和所有人一樣，都想進入世明集團。對於即將畢業的大學生而言，世明集團是令人嚮往的大企業之一，不僅涉足食品、化妝品和租賃電器，還跨足娛樂經紀公司等各領域。雖說不知道到職後會被分配到什麼工作，但對於剛畢業的大學生而言，最重要的是先進入大企業。大企業不會輕易倒閉，比起高薪，最先考慮的應該是工作的穩定性。雖然很多人抱怨，有別於風光的形象，大企業的業務繁重、錢又少，但我還是很羨慕能在大企業上班，況且這是世明集團上半年最後一次徵人。可能有人覺得這次不行就等下半年，但如果是去年應徵的所有公司都落選，只剩下這個機會，而且還是第一次通過履歷篩選和適應能力測試——這個人就是我……這次失敗的話，我就要重新準備三千字的履歷表，反覆重寫人生中最感羞恥的自我介紹。正因為這樣，我始終無法擺脱這是最後一次機會的想法。我真心迫切地需要這份工作。

「説實話，來到這裡的人都很迫切。」

聽到李贊輝這麼説，大家頻頻點頭。

「大家都是為了抓住最後一次機會來這裡的，不是嗎？」

我忽然很想哭。盤腿坐在地上的我豎起膝蓋，以雙手抱住腿。

「我也荒廢了一些時間，現在年紀也不小了，所以很迫切需要一份工作。」

我知道李贊輝說的「荒廢了一些時間」意味著什麼。幾年前，李贊輝組了一個樂團，報名參加人數多達兩百萬人的選秀節目。當然，身為主唱的他憑藉出眾的外貌在預選中多次獲得大特寫，但因為參賽的樂團太多了，他的樂團最終沒有得到特別的關注。李贊輝好不容易通過預選，但在比賽中被淘汰，之後整首歌也被剪掉。儘管如此，李贊輝還是憑著豐富的舞台、出演節目和做過練習生的經驗主導著小組的氣氛。選曲也是，明明每個人可以選三首自己喜歡的歌進行討論，但不知為何最後變得好像必須得到李贊輝的批准一樣。

「不是，我們不能只選自己喜歡的歌。」

「你們也知道現在不是在搞藝術，這是面試。」

「我們得選考官喜歡的歌才行。」

李贊輝的意思是，三首歌要選一首人人都會唱的流行歌曲，以及能喚起考官回憶的七、八〇年代的老歌，最後壓軸的必須是能帶動氣氛的快歌。

大家採納李贊輝的意見，制定出表演曲目。第一首是Daybreak的〈Love Actually〉（李贊輝說，以這首歌開場可以立刻吸引考官的注意），第二首是狂戀樂團翻唱的李芝娟的〈風兒請你停下來〉，最後一首則是當年橫掃十六國iTunes榜首、位居告示牌百大單曲榜第三位的熱門歌曲，亞莉安娜・格蘭德、潔西・J和妮姬・米娜合唱的〈Bang Bang〉。

第一首歌因為是男生的歌，所以由李贊輝主唱，我伴唱。第二首歌我主唱，李贊輝伴唱。最後一首是女生的歌，我以為還是我主唱，但李贊輝說降半音的話他也可以唱。說的也是，他不可能選自己不能唱的歌，這首歌本來就是兩個主唱。最後綜合大家的意見，我們決定一起合唱。我們用世明集團提供的平板電腦搜尋歌詞，然後把自己負責的部分抄到紙上。我們輪流唱一小段，但到了高潮「You need a bad girl to blow your mind」，兩個人不約而同地停了下來。「Fun Fun Festival」的最後一首歌，而且還是最受矚目的高潮部分。我和李贊輝默不作聲，組員們也沉默不語。最後，李贊輝先打破沉默說：「我們都唱一遍，然後請大家投票決定，怎麼樣？」

話音剛落，他又補充道：「我是說這裡，You need a bad girl to blow your mind。」

李贊輝小聲哼唱了一下。雖然是哼唱，但高音的部分還是讓大家驚嘆不已。說實話，我也很驚訝。李贊輝接著說：「我們分別唱一遍這句吧？」

唱什麼唱，你不是已經唱了嗎？我心想。這時，有人問：「你們誰先唱？」我便開口說：「你先來吧！」

我話音剛落，李贊輝就毫不遲疑地「嗯嗯、啊啊」清了清嗓子，然後用比剛才更高、更宏亮的聲音唱道：

「You need a bad boy to blow your mind ～」

瞬間，李贊輝響亮的歌聲在禮堂擴散開來，越飆越高的尾音，底氣十足的顫音，自信滿滿的手勢動作，而且他還很機智地把歌詞中的「girl」換成了「boy」。不僅我們組的人，就連其他組的人也轉頭看向李贊輝。他明知吸引了在場所有人的目光，卻佯裝不知。驚呆的組員們回過神來，一個接著一個鼓起了掌，然後目光自然地轉向我。一雙雙看向我的眼睛讓我倍感壓力，每當有人轉過頭來，我就覺得胸口發悶，喘不上氣。我覺得自己唱不出來，難以承受大家的期待和注目，於是開口說：「我……還是算了，就由你來唱這段吧。」

李贊輝一臉費解，瞪大雙眼問：「為什麼？你連試也不試嗎？」

「不了，我唱副歌的第一段好了。」

「好吧。這可是你說的，不要反悔喔。」

李贊輝嘻嘻笑著，把歌詞抄在紙上。這傢伙真不簡單，但即使是在這種情況下，我還是忍不住多看了他一眼。其實，從我見到他本人的瞬間開始，在他拿著紙記錄、使用平板電腦，以及跟其他組員講話的時候……也就是說，在他看向別的地方的時候，我都在忙著仔細觀察、注視他，從頭到腳，沒有放過任何一個小細節。我不由自主，根本停不下來，彷彿看著他的時候，有什麼好東西紛紛跳進我的口袋，所以我才會拚命地想再多看他一眼。

*

選曲和分配歌詞都結束後，到了午餐時間。我們趕快吃完菜乾大醬湯、難以分辨是哪一種的紅肉、醬蓮藕、煮得過軟的米飯、泡菜和養樂多，然後移動到位於地下的練習室。練習室很大，但沒有窗戶，通風不好，讓人頭很痛。當然，其他條件也很惡劣。組員們看到擺在架子上的樂器，抱怨了起來：

「我還以為是Cort吉他呢，這什麼牌子啊……」

「琴頸都彎了。」

「把那個調音器給我一下。」

最大的問題是爵士鼓，擺在莫名其妙的地方，四周還固定了玻璃板。大家協調速度的時候，坐在玻璃板後面的人根本聽不到外面的聲音，合奏十分吃力。好幾次演奏中斷時鼓手都不知道，還在那裡盡情地打。雪上加霜的是，我們的鼓手總是快半拍。每次我們朝鼓手大喊「快了！快了！」或「停！停！」的時候，她都要走出來聽我們在講什麼。加上她坐在空調吹不到的死角，玻璃板內外溫差越來越大，讓上頭凝結了一層濕氣。情況越來越糟，鼓手終於忍無可忍，丟下鼓棒，脫下小組背心，氣呼呼地走出來，把攥在手裡的背心一把丟向玻璃板。玻璃板晃動了一下，發出奇怪的震動聲。

「可惡，幹嘛把這東西固定在這裡！」

李贊輝朝爵士鼓走去，看了看地面上固定住玻璃板的螺絲。

「這螺絲應該可以拆掉吧？」

他用徵求同意的語氣對我說：「如果有螺絲起子，我應該能拔出來。」

這兩個人要幹嘛？該不會是認真的吧？而且去哪裡找螺絲起子啊！我心想，故作鎮定地說：「固定玻璃板肯定有原因的吧？為了防止……」

「你擅自拆下來的話，公司會怎麼想？雖然不知道是否有正常運作，但那裡有監視器……你們知道的吧？」

組員們同時看向安裝在天花板一角的半圓形監視器。鼓手這才認知狀況，乾咳了幾聲，撿起背心重新穿上。我把幾張A4紙捲成筒狀，再用透明膠帶連接成管子，一頭固定在空調的出風口，另一頭固定在鼓手的位置，讓她也能吹到風。我還用平板電腦下載好節拍器軟體，架在鼓手面前，也提議若有要傳達的事項，就用簽名筆大大地寫在A4紙上。準備就緒後，練習比之前輕鬆了許多。第一首歌練完後，趁大家調樂器的時候，我走去外面。無論怎麼看，我都覺得初次見面的人不可能在一天內練好三首歌。我向公司職員詢問是否可以借用電腦和影印機，在他的幫助下印出了不同樂器的樂譜。

幸好我們的組員從小精通樂器，即使樂器不盡如人意，但只要對照樂譜，大家都很快就練好了曲子。〈Love Actually〉和〈風兒請你停下來〉練得很順利，但問題出在〈Bang Bang〉上。因為這首歌不是樂團創作的曲子，必須以旋律為中心重新編曲。我在YouTube上找了幾支還不錯的翻唱影片，提議從中擇一參考。但是，李贊輝卻提出反對意見，他說之前他做練習生的時候學過編曲，大學玩團期間也累積了很多編曲的經驗，堅持要由他重新編曲。我們只有一天的時間，他竟然要重新編曲？我感到啞口無言，但又覺得他或許能說到做到，最重要的是大家現在都很心煩，我不想為了這件事跟他吵架，所以就決定相信他了。

沒學過編曲，也沒有編曲經驗的我不好意思閒著，所以坐在練習室角落的椅子上，搜尋其他人是如何重新詮釋這首歌的。李贊輝帶著吉他手和鍵盤手開始編曲，我本不想注意他們，但李贊輝的嗓音太大了。他讓鍵盤手彈得「緊湊點」、帶點「復古感」和「緊張感」，又問吉他手這裡可不可以彈得「爽快點」，給人一種「檸檬氣泡水」的感覺。我在一旁聽得一頭霧水，最後鍵盤手猛地站起來，把椅子踹到李贊輝面前說：「你來彈，我不懂你說的那種感覺。」

李贊輝立刻回答：「啊，我不會彈琴。」

「什麼？」

「我不會彈琴。」

搞什麼？他竟然這麼理直氣壯？坐在他們對面的我探頭問了一句：「李贊輝，你剛才不是說會編曲嗎？」

「我都用電腦編曲。」

還沒等李贊輝說完，鍵盤手就嘆了口氣，冷嘲熱諷起來：「啊，是喔，原來如此，您可真聰明啊！」

出大事了，我心想。出於本能，我趕快走過去看他們一眼，說：「先休息一下吧？這麼熱，大家也累了，我去買點喝的。」

鍵盤手推開我，朝李贊輝邁出一大步。

「不是，劉智媛你走開，讓我跟他兩個人聊聊。」

怎麼辦，看來鍵盤手是個暴躁脾氣。我小心翼翼地拉住鍵盤手背心的一角說：「有什麼好聊的？你陪我去買飲料吧！太重了，我自己沒辦法拿，好不好？」

最後，好不容易鎮定下來的鍵盤手坐到自動販賣機旁的塑膠椅上，我買了一罐氣泡水遞給他。稍稍消了氣的鍵盤手剛要打開——

「幹，這是檸檬氣泡水啊，你是要氣死我啊！」

我趕快把手上的運動飲料遞給他，順手拿走那瓶氣泡水。

「這個給你，我一口沒動。我喝氣泡水吧。」

「謝謝。」

鍵盤手咕嚕咕嚕一口氣喝完我遞給他的飲料，然後把空罐子丟在地上一腳踩扁。我被他嚇了一跳。

「李贊輝？哪裡來的傢伙？以為長得帥就能為所欲為嗎？」

果然……就連男生也覺得他帥……不是只有我覺得他帥……當我想到這裡的時候……慢慢地……產生了我現在在幹嘛的疑問。檸檬氣泡水太冰，我只喝一口就覺得頭痛欲裂。一口冰涼滑過喉嚨，讓人頭皮發麻，而且像是有人在我耳邊播放微弱、令人煩躁的電子音。我閉上眼睛，忍受著突如其來的寒氣劃開悶熱帶來的痛苦，同時思考著我到底在這裡做什麼？為什麼穿著這麼……奇怪的衣服……跟初次見面的人……而且每個人的性格都這麼古怪……好像只有我一個正常……

直到這時，我還是覺得準備表演的過程比最終結果重要。這麼大的企業，花這麼多錢提供我們三天吃住肯定有他們的理由。跨國企業挑選人才肯定不會只看演技、魔術、演奏和唱歌。這種方式的面試不會只評估我們的表演，他們策劃這一切肯定是為了評估我們如何克服有限的環境，以及如何與不同類型的人相處、協調意見。一定有人在暗中觀察我們，公司的人徘徊在練習室門口一定有其目的，剛才遇到的人就是來評估我們的，他們一定都看在眼裡了。雖然很麻煩，但整個過程一定有意義。所以我覺得，若是能透過這樣的過程被選中的話，就更能證明自己的能力。

再過十二個小時就是「Fun Fun Festival」了。

*

第二天午餐結束後，彩排開始了。我在後台背歌詞、開嗓的時候，李贊輝看著我走了過來。我偷瞥著他的一舉一動，但始終沒有轉頭直視他。靠近我的李贊輝突然彎下腰，用比平時更低的聲音在我耳邊喃喃說：

「我本來不想說的……」

他停頓了一下，接著說：「智媛，你副歌的調子有點怪怪的。」

「嗯？」我下意識地抬頭道。

李贊輝直起腰說：「最後那兩句，你一直那樣唱。」

李贊輝突然放開嗓子，唱了一句：「Wait a～minute, let me take you～there。本來應該是這樣唱的。」

他接著說：「但你知道你怎麼唱的嗎？」

李贊輝表情猙獰，閉上眼睛又唱了一遍。

誇張的聲音、誇張的表情、誇張的動作。

他那醜陋的樣子教人看不下去。李贊輝是在模仿我，可我才沒有像他那樣，我才沒有那樣唱。他說謊。我真的那樣唱的嗎？

「你這麼唱。」

見我默不作聲，李贊輝又說：「這樣唱感覺很油膩，而且也不好聽。你就不能換一種唱法？」

我微微動了一下嘴唇，但話到嘴邊又嚥了回去。我在腦海裡唱了一遍李贊輝說的那段。我保持冷靜，承認了事實。正如李贊輝所言，我在高音和連音的部分的確有他模仿我的那種傾向，但我不覺得這樣有什麼問題，況且我一直覺得這不過就是一種唱法和技巧罷了。最重要的是，他為什麼現在才跑來說這些。

我問他：「你為什麼現在才說？」

「這種事一旦開始在意，就會一直想起來，所以我刻意沒說，希望你能自己改過來。」

他明知道我會在意，卻到了演出前才講？李贇輝建議我現在換一種唱法，但眼看就要正式演出了。

大禮堂已經佈置好第一小組的舞台，天藍色的背景上寫著五顏六色文字的布條緩緩地從掛有照明的天花板落下來。

「Fun Fun Festival——夢想成真的創意慶典！」

布條上端的兩角固定著，下端懸在空中，落下時一直飄來飄去。我仔細一看，大字下方還寫著一行潦草的小字：「Show me the talent! 展現你的才華、個性與創意吧！」我抬起頭，想看清是誰從哪裡放下布條，但只看到照明射下的白光。燈光太刺眼，我只好閉上眼睛，無從得知布條是從哪裡落下來的。我很想衝著黑暗，向看不到盡頭的天花板質問：這真的是慶典嗎？這是為了誰的fun？誰會覺得fun？從中獲得好處的人又是誰？

李贊輝說的沒錯。

這件事一旦在意，就會一直想起來。我被自己的唱法束縛了。剛上大學加入歌唱社團的時候，我只參加過兩次定期練習，之後和社團裡的人喝過幾次酒就放暑假了。聽到大家說趁放假好好練習，我就再也沒露過面。那時的我顧慮重重，因為我根本沒有練歌的時間。二十歲的第一個暑假，我在三成站附近的大型外語補習班找到了工作。除了影印教材分發給學生，還要去跟上午沒人的啤酒屋借場地給學生們討論和學習。這份工作的好處是，不僅可以領薪水，還能免費聽自己想聽的課。我既賺足了學費，又免費上了多益課。啤酒屋一側的冰箱擺滿了全世界的啤酒，早上七點藉助冰箱投射的光亮學習，讓我覺得退出社團是明智之舉。

如果我沒有退出社團，定期練歌的話，就不會是這種唱法了嗎？每天學長姊都會嘲諷地說：「哇，現在的新生才一年級就整天泡在圖書館！」即使是這樣，只要沒有課，我就會去圖書館整理當天的筆記。我嚴格管理每學期的學分，就連社團也會為了日後能交出完美的履歷表而每年變換，選擇加入像是研討企業經營或國際趨勢的社團，放假的時候也去打工或是參加大企業舉辦的相關活動。我不辭辛苦填滿了履歷表，結果現在又叫我發揮才華、個性和創意！早知道這樣，我還不如一門心思練歌。

如今我已經記不清我們小組的舞台長什麼樣了，印象中只有幾個簡短的畫面。

我故意沒有用力，用假聲唱了高潮的部分，也就是李贊輝模仿我的那一段。因為聲音太小，連我自己都聽不清楚，可能台下的觀眾還以為我沒有開口。為了挽回失誤，我在副歌的時候用盡全力，結果在高潮的部分破音了。那一瞬間，我清楚地看到台下人們驚慌失措的表情，大家紛紛向我投來「怎麼辦」的目光。大家的眼睛就像小小的螢幕，彷彿每一雙眼都在反覆播放著我的失誤。怎麼辦？這下該怎麼辦？各種問題從我腦海一閃而過，剛才的破音怎麼辦？眼下的氣氛怎麼辦？明天的主管面試怎麼辦？啊……我的人生怎麼辦？

那一瞬間（至今我也不知道當時我為什麼會那麼做），我取下立架上的麥克風，快步走到舞台前，一邊唱著副歌高潮的部分，一邊左右扭動了一下臀部。「Bang」的時候，左邊一下；「Bang」的時候，右邊一下，就這樣左右各兩下，一共扭動了四下。

Bang-bang
Into the room ——I know you want it
Bang-bang
All over you ——I'll let you have it

就在那一瞬間，包括考官在內的所有人同時發出了「哇」的驚嘆聲。

之後過了很長一段時間，我才得知英語中的「Bang Bang」是性行為的暗語。其實，回想那兩天我反覆練習的歌詞內容，就可以推測出這個詞的意思。不，根本不用推測，很明顯就能看出來。但不知為何，當時的我完全沒有注意到這件事，對我而言，那些歌詞就像考試前必須牢記的答案。兩年後，在一個選秀節目中，翻唱這首歌的參賽者在唱到「Bang-bang」的時候，沒有扭動臀部，而是搖了搖頭。如果當時我扭動的不是臀部，而是頭，就不至於在日後想起這首歌的時候感到羞恥了。

世明集團旗下的分公司為表演結束後的聚餐準備了酒水，大家大汗淋漓地站在草地上，一手烤著五花肉和豬肩肉，一手驅趕著蚊子。至今為止，我參加過無數次的烤肉，但從沒見過像這樣人人為烤肉爭先恐後的情況，每個人都想把烤肉夾據為己有，因此每桌都上演一人夾肉，一人用剪刀剪肉的場景。我連夾子和剪刀的邊都沒摸到，只能拿起桌上的紙盤和木筷，然後再放回去，假裝在清理餐桌。就在豬肩肉的一面烤得差不多，李贊輝把肉翻到另一面的時候，一位身穿天藍色Polo衫和象牙白純棉褲子的考官走了過來。我下意識地站起身，鞠了九十度的躬，起身時我自己也嚇了一跳。這種情況還是第一次，因為想到他是考官，我是考生，應該要彬彬有禮、在他面前好好表現之前，我的脊椎就先動起來了。早已喝紅臉的考官高高舉起一罐啤酒，說：「你們是第9組吧？玩樂團的？非常棒！乾杯！」

我們半彎著腰與考官碰杯後，不約而同地轉過臉，雙手握著溫熱的罐裝啤酒喝了一口。考官接著說：「你們唱了一首名曲啊！〈風兒請你停下來〉可是我最喜歡的歌。真是驚喜啊，年輕人怎麼知道這首歌的？」

仍彎著腰的李贊輝輕輕地跟考官碰了一下杯說：「是我選的。」

考官咧嘴大笑，「好傢伙，你小子不但人長得帥，聽歌也這麼有品味。大家覺不覺得他很帥？簡直跟我年輕的時候一模一樣。」

李贊輝面帶笑容說：「您過獎了，前輩才是真正的帥哥。」

我喝了一口平淡無味的酒，心想公司的啤酒品質怎麼就上不去呢？就憑這種啤酒，還想在「一萬韓元四罐進口啤酒」的時代拚競爭力？

考官又問：「這首歌是你們親自編曲的？」

「是的，是我編的。」李贊輝自信滿滿地回答，又補充道：「多虧了組員們，幫了我很多忙。」

這個騙子，明明就只有動嘴說什麼要檸檬氣泡水的感覺，再說了，我們用的是狂戀樂團編好的曲子，演奏也完全是照我印的樂譜。又碰了幾次杯之後，考官離開去別的小組。考官剛走，李贊輝就走到我身邊說：「智媛，辛苦你了。」我看也沒看他，夾起一塊五花肉沾了一下包飯醬，回說：「你也是。」下一秒，李贊輝把臉湊到我面前問：「面試結束後，我們還是朋友吧？」

真是煩死了。我決定離開這裡，取回手機，第一件要做的事就是刪掉我 Instagram 上保存的李輝贊的照片。

*

面試結果：不合格。第9組只有李贊輝、吉他手和鍵盤手三個人通過最終面試。聽說選擇疊人塔的第3組，一共疊了六層人塔，而且從最頂端到第三層的六個人都被錄取了。聽到消息後，我不禁回想最頂端的那個人是誰？那個人身材瘦小嗎？很輕、很苗條嗎？不然就是平衡感很好。但這跟錄取有什麼關係呢？不管怎樣，他們都是能一直往上爬的人。

李贊輝以當時通過面試的第9組組員為中心，組了一個名為「緊急救援」的社內樂團。那年下半年，我在一間中小企業找到工作，但沒做滿三個月就辭職了。隔年，我以實習生進入一間中堅企業，一年後透過面試獲得正式職員的資格。在此期間，我和李贊輝成為了朋友，也變成互相追蹤Instagram的關係，偶爾會互相點讚、傳訊息問候。步入社會，隨著年齡增長，我也漸漸明白能力的客觀判斷不過是假象，所謂的社會生活也不只是靠合理的依據或道德上的利害關係就能實現。

直到送年會當天，我還在猶豫要不要去，所以很晚才出門。這是我第一次參加有服飾要求的聚會，因為顏色指定為黑色和金色，所以我穿了墨色的毛衣和黑色牛仔褲。但總覺得少了什麼，於是又在地鐵站裡的飾品店買了一副高音譜記號的耳環，九千韓元。

送年會的地點在一間表演設備齊全的地下酒吧。如李贊輝所言，規模還不小。我走進店裡，李贊輝正在台上唱歌。他看到我，用眼神打了招呼。唱完後，他馬上走下舞台，朝坐在角落的我跑來。

「智媛！好久不見，你一個人？」

我故作不以為然，回答：「我在附近有點事，就順道過來看看。」

當然，我今天其實只有這一個行程。

李贊輝朝廚房的方向喊道：「客人來了，送點吃的過來。」接著又補充了句：「這桌的下酒菜不能斷啊。」

別人聽了肯定會以為是李贊輝請客，但其實，他早就透過聊天軟體的匯款功能跟大家各收取了三萬韓元。在他招呼我的時候，不，應該說在他陶醉於自己風度翩翩、關心人的樣子時，幾個人在舞台上即興表演了起來（這就是李贊輝用英文強調的「Jam」）。餐叉、紙巾、艾爾啤酒和下酒菜端上桌後，李贊輝面帶微笑，雙頰露出深深的酒窩。

「我得上台了。你慢用，多吃點，玩得開心喔。」

說完，他又蹦蹦跳跳地回去台上。看到主唱重返舞台，團員們也沒有停止演奏，大家互相交換眼神：「彈什麼？彈什麼？」「那首！就彈那首！」。稍後，新的曲子響起，F和弦，是什麼歌？拜託，不要唱皇后樂團的歌。不幸的是，真的就是皇后樂團的那首〈Don't Stop Me Now〉。大家看著李贊輝走到舞台前，旋即發出歡呼聲。李贊輝把頭往後一仰，用右手撩了一下瀏海。長長的瀏海被他修長的手指撩到後面，又沿著髮線滑落而下。李贊輝輕輕晃了晃頭，用整理好瀏海的雙手握住麥克風，張開雙唇：

「Today～」

天啊，不會吧。

「I'm gonna have my～nanana～good time～」

李贊輝根本不知道歌詞。

「I'm floating～la～a～around～nanana～oh, yeah～～」

怎麼辦？真是教人作噁。當下的選歌讓人噁心，他陶醉的表情也讓人想吐，還有那自以為征服了舞台的手勢和像搖滾明星一樣抖腿的動作都讓人看不下去，所有的一切都讓我覺得噁心。

我專注地思考怎麼會發生這種事，恐怕直到我死的那天也做不到連歌詞都不知道，還敢在大家面前唱英文歌。他的臉皮怎麼可以這麼厚？他怎麼會變成這個樣子？我真是討厭死李贊輝了，但又同時很羨慕他。為什麼我死也不敢做的事，他卻能做得這麼自然？為什麼？這不是能力問題，而是心態問題。心態又不用錢，我的心態為什麼就是不如他呢？舞台上的李贊輝依然光彩奪目。

「Don't! Stop! Me! Now～」

李贊輝用左手取下麥克風，對準台下的人。因為是大眾熟悉的歌詞，台下的人跟著合唱起來。

「I'm having a good time, having a good time!」

李贊輝為了向觀眾展示側臉的輪廓，伸長脖子探出右臉，接著把沒有拿麥克風的手放到耳邊，點了兩下頭，露出滿意的笑容，最後收回朝向觀眾的麥克風，一邊唱歌一邊在舞台上竄來竄去。歌詞沒有一句是對的，他用既不是英語也不是法語的自創歌詞胡亂唱著，但台下沒有一個人在意這件事。就在這時，我也想通了，這首歌只要記住兩句歌詞「Don't Stop Me Now」和「Having a good time」就可以了。有的人即使知識淵博，也不會在世人面前炫耀，但有的人只知道皮毛，就不知羞恥地誇誇其談。怎麼會這樣呢？不知不覺間，一束光打在了李贊輝的身上。

我搭配起司薯條和明太魚乾喝了三杯啤酒，啤酒散發甜甜的花香，但整個酒吧只有我一個人沒伴，不禁感到餘味略帶苦澀。只有派對咖才能享受這種氣氛吧？我聽了幾首最近流行的皇后樂團的歌之後，默默地離開了。我走到位於地下室與一樓樓梯間的廁所。破舊建築的門把手也破舊不堪，我提心吊膽地打開廁所門，幸好裡面很乾淨。洗手台上擺著手壓式洗手液，還並排著同款設計的護手霜，牆壁上有紙巾。我仔細清洗沾了明太魚乾味道的手指，用紙巾擦乾手後，塗了護手霜。就在這時，酒吧傳來倒數計時的呼喊聲……六、五、四、三、二、一！新年快樂！我聞了聞手掌，椰子味的護手霜很好聞。竟然是在備有護手霜的公廁迎來三十歲，我努力說服自己，這肯定是個好兆頭。我走出廁所，朝一樓走去。就在我用手肘推開玻璃門，一股冷風迎面而來時，有人抓住了我的肩膀。我回頭一看，大冬天穿著緊身短袖黑色T恤，還不忘用GUCCI Marmont 皮帶當作金色點綴的李贊輝正站在三個台階下，仰頭看著我。

「這麼快就要走了？」

那一瞬間，我羞愧到想死，但不是因為李贊輝擅自把手放在我的肩膀上，而是因為我並不討厭他碰觸我的感覺。可惡，怎麼辦？他還是那麼……帥。我必須強調的是，我對他沒有任何感情，我不知道這世上是否存在理想型的反義詞，但如果有的話，現在的李贊輝應該就是。李贊輝的態度、表情、語氣、嗜好……簡言之，他這種人就是我最討厭的類型，這也成了我判斷他人的標準。不過，他的臉蛋和身材除外。我不討厭他的外型，我只是討厭還接受這種外型的自己。我趕快向根本不存在的對象辯解，我只是喜歡他的外型，長成他這樣實屬珍貴，這種長相是很罕見的……稍後，我又向不存在的對象大喊，天啊！我在胡言亂語什麼！我真是垃圾，我就是外貌的奴隸！拜託，誰來阻止我！

回家的路上，我取出AirPods插進耳朵。「叮～」藍芽的連接音就像在提醒我什麼。我點開音樂軟體，搜尋「那首歌」播放，腦中跟著浮現出李贊輝。「Bang-bang into the room」，坐在研究院宿舍雙層床下面的李贊輝，長腿和露出的腳踝。「Back,backseat of my car」，按下副駕駛座的調節按鈕，李贊輝的車椅背緩緩向後傾斜。

我聽著音樂走在路上，不知不覺就走到了公車站。我盯著站牌上的數字，尋找是否有開往我家方向的公車。773……7……79……7……7……3……怎麼才喝三杯啤酒就醉了，感覺數字全部重疊了在一起。我抬頭想讓自己清醒一下的時候，某處明亮的人造光源映入了眼簾——冰淇淋折扣店和投幣卡拉ＯＫ的招牌。我以為折扣是指在特定的短時間內臨時減價，但那間冰淇淋店直接在招牌上寫出百分之八十折扣的大字。我覺得很新奇，於是走進去用一張一千韓元紙鈔買了一個甜筒冰淇淋，結果還找回五百韓元。竟然這麼便宜？我有點驚訝。

我沿著虛線撕開包裝紙，咬了一大口冰淇淋。之前我覺得大冬天走在路上吃冰淇淋會很冷，但其實還好。在外面吃冰淇淋會擔心它融化，所以總是狼吞虎嚥。現在天氣這麼冷，冰淇淋不易融化，放很久都還硬硬的。我坐在店門口的臺階上，細細品嚐著巧克力口味的冰淇淋和撒在上面的杏仁。慢慢吃完冰淇淋後，我走進隔壁的投幣卡拉ＯＫ，毫不猶豫地把剛才找回來的五百韓元硬幣塞進機器裡。聽到機器吞噬硬幣的爽快聲音，我用力按下幾個數字——７９４０７。亞莉安娜・格蘭德、潔西・J和妮姬・米娜合唱的〈Bang Bang〉。我用自己特有的「唱腔」高唱起第二段。

共謀

공모

電梯停在三樓，門一開，就能看到擺在正前方樓梯平台的人形立牌。千之顏的招牌還是老樣子，上面寫著一個漢字「千」。

我緩緩走出電梯，右手邊樓梯欄杆對面就是餐廳入口。我透過玻璃門，看了一遍牆上的菜單：海鮮煎餅、泡菜煎餅、牛肉煎餅、魚子湯、魚板湯、紅蛤湯、蠶蛹湯、海螺拌麵、雞蛋卷、炸薯條、香腸拼盤、明太魚乾、小明太魚乾和什錦水果盤……雖然價格上漲了，但菜系並沒有什麼變化，依然和之前每個月光顧三、四次的時候一樣。之前餐廳不在這裡，而是位於小巷盡頭、破舊建築的地下室。期間，老闆為了擴大店面而遷址過來，可是現在廚房和大廳都變小了，一道假牆將店鋪一分為二，另一半租給了燉雞專賣店。也就是說，店鋪的規模又回到了從前。我做了一個深呼吸，推開玻璃門走進去，門上的風鈴敲出叮叮噹的聲響。伴隨著風鈴聲，我回想起十七年前第一次推門走進這間餐廳的那一天。

不，第一次沒有推動門，因為當時門是鎖著的。

1

十七年前的這個時候，我還是剛進公司的新人。我記得那天以歡迎新人為由，全部門的人下班後一起去了公司附近事先訂好的烤肉店。我站在早早擺好筷子、湯匙、水杯、燒酒杯和啤酒杯的餐桌前，又做了一次在辦公室已經重複了十二遍的自我介紹。聽完敬酒詞、吃下油膩的五花肉，最後以泡菜湯和冷麵結束聚餐。選我入社的金健日部長（當時他同時掛有最年輕組長和最年輕部長的頭銜）一邊嚷嚷：「大家別吃太飽，等下第二攤繼續吃啊！」一邊穿行於每桌之間。除了剛入社的我，在座所有人似乎都知道這句像謎一樣的話是什麼意思，所以沒有人多問。直到那時，我還在心底期待：「第二攤到底是要吃什麼好東西啊？」

大家急匆匆地吃完烤肉，走出烤肉店後，所有人不約而同地朝同一個方向走。等我回過神來，才發現自己和金健日部長走在隊伍的最前方。看著巷弄裡燈火通明的餐廳，我還以為第二攤會在其中任選一間，但我們走了很久，直到走到小巷的盡頭，最後走進了一棟破樓。我糊裡糊塗地跟隨金部長沿著陡峭的樓梯往下走，那裡就是啤酒屋——「千之顏」。

金部長走下樓梯，來到店門口，稍作遲疑後，用手肘推了一下門，然後又用雙手推了幾下。門是鎖著的。

「咦，怎麼推不開呢？」

金部長做出望遠的姿勢，把手放在眉毛上，貼著玻璃門向店內望。明明門外掛著營業中的牌子，而且透過木框之間的玻璃也能看到廚房和大廳都亮著燈，但門的確是鎖著的。

「人去哪兒了？千老闆從來沒這樣過。」

金部長握緊拳頭，心急地敲起了門。有節奏的敲門聲接連響起。

「千老闆，千老闆！你在裡面嗎？」

金部長站在門口又是敲門又是呼喊，還不停地張望。過了半天，他取出手機，撥打電話。對方手機關機，電話將轉至語音信箱的提示音傳入我耳中時，我才察覺事有蹊蹺。

我可以理解金部長堅持要去經常光顧的餐廳，老闆關門、失聯也一定有原因，大家覺得遺憾也合情合理。但問題是，既然都這樣了，那就應該換一間餐廳吧。就算這間「千之顏」的手藝獨一無二，大家也不能賴在餐廳門口不走吧。況且，這間店看起來平凡極了，我不明白明明附近都是喝酒的地方，金部長為什麼要守在這裡不走。其他人也是如此，所有人都像默默接受了非「千之顏」不可的事實一樣，沒有一個人提議去別家。

我因為新買的高跟鞋不合腳，遠離圍在門口的人群，靠在對面的牆上，偷偷露出腳跟踩在皮鞋上。好累喔，不知道要等到何時的煩悶心情讓我的嘴很癢，但眼下氣氛容不得剛入社的新人指手畫腳，所以我只能默默地站在那裡。金部長用板上釘釘的語氣對沿著陡峭的樓梯站成一排的職員說：「我們再等一會兒。」

我看了一眼手錶，已經過去二十分鐘了。為什麼，到底為什麼要等下去呢？這就是一間很普通的餐廳啊！走來的一路上，這種餐廳就有好幾十間，從中選一間不行嗎？隨便去哪裡都可以吧？到底這間店有什麼了不起的啊？就在這時，手機響了。金部長一臉喜憂參半的表情，接起電話。

「哎，你關門去哪兒了？天啊！你沒事吧？好，好的，我知道了。很快是吧？我們等你。」

坐在第三個臺階上的韓代理問：「千老闆要過來了？」

「嗯，馬上就到。」

幾個人接著走出去抽菸或去便利商店買飲料。就在大家進進出出的時候，樓梯另一頭傳來了不一樣的腳步聲，坐在臺階上的人站起身，原本站在臺階上的人慌慌張張地靠向牆邊，只見一個人一手握著欄杆，一手抓著衣襬沿著大家讓出的路快步走下來。也許是我站在最下面仰望的關係，那個人看起來很高，她抵達門口後，我才看清楚那張因背光而陰暗的臉。

那是我第一次看到千老闆的長相。

漂亮的大嬸。

這是我對千老闆的第一印象。當時的千老闆比現在的我還要年輕，但在那時的我眼中，她的確是個「大嬸」。

「對不起，對不起，金部長，等很久了吧？」

「嘖，我們在這裡站了四十分鐘！」

「對不起。我今天身體不適，早早準備好食材，就去前面的內科打點滴了。護士拔針的時候說可以走了，誰知我應了一聲又睡過去了，真是的。」

「哎唷！」

「幸好醫生很晚才下班，不然就出大事了。我真是睡得不省人事。」

「身體怎麼樣了？」

「嗯，現在好多了。」

千老闆一邊從大衣口袋掏出一串鑰匙，一邊回答。她抱起大衣尾端，蹲在地上，把鑰匙插入地上的鎖頭。

金部長投以擔心的眼神又追問道：「你真的沒事？」

千老闆蹲在地上仰望金部長，眼睛笑得瞇成了一條線。

「哎唷，我睡得那麼香，現在精力十足呢！」

千老闆起身推開大門，然後推著每個人的肩膀招待大家進餐廳。

「李次長，鄭次長，快請進。真不好意思，讓大家久等了。」

千老闆竟然能背出連我都還沒記住的姓氏和職稱。

「朴科長！好久不見，快請進！哇！我們的徐科長理髮了？人都變年輕了。」

「這位歐巴剛升代理吧？恭喜你啊！新來的幾位歐巴，歡迎歡迎！」

最後，千老闆發現了站在角落的我。她瞪大眼睛，額頭都擠出了皺紋。剛剛還故作驚訝的千老闆立刻笑容滿面地說：「還有一位歐妮！是剛進來的新人吧？」

千老闆都用職稱叫人，還沒有職稱的人就叫歐巴或歐妮。就在我分析著這些規則的時候，千老闆摸著我的背說：「進去多吃點再走。」

把我送進店裡後，千老闆走到掛在收銀檯旁邊的小鏡子前照了照。她站在暗黃的燈光下，脫去大衣、摘下圍巾，整理了下衣服。以髮夾高高盤起的濃密頭髮下露出長長的脖子，V領的毛衣隱約可以看到凹陷的陰影……那陰影的形態不是線，而是點。

我覺得那個點很噁心。

那個點提示著再往下就是二次元的線條，並且暗示著三次元的豐滿，但因為只到此為止，所以刺激了人們的想像。只有那個若隱若現的點。就在那一刻，我確信了初次見到千老闆時隱約感受到的什麼，我們小組之所以第二攤只來「千之顏」，不去別的地方，正是因為那道乳溝的始點。

*

我在了解公司的氣氛之前，就先了解了聚餐的氣氛。

千之顏，是我們公司的人，具體地說，應該是握有聚餐地點選擇權的人最喜歡的續攤場所。事實上，與其說他們喜歡這裡，不如說

「千之顏」就是「續攤」的同義詞。這群人推門而入時都會嚷嚷道：「生意還好吧？知道我喝什麼吧？就是那個！」

千老闆也會笑容滿面地回應說：「知道，當然知道。」

稍後，千老闆就會送上幾個大塑膠杯，以特定比例混好的燒酒和啤酒。每個人混的比例各不相同，千老闆都記住了。噹啷，店門的風鈴聲一響，千老闆就會轉頭看向門口，看到走進來的人的同時，露出「知道，當然知道」的表情，立刻打開裝滿酒水的冰箱門，機械式地取出那個人喜歡的燒酒。有的人喜歡混一瓶紅色商標的燒酒，有的人喜歡藍色商標的燒酒，還有人喜歡混一瓶半的燒酒，如此龐大的資料都儲存在了千老闆的腦袋裡。

下酒菜也是如此。搭配個人喜歡的酒，免費下酒菜小鯷魚乾和五顏六色的爆米花也會先送上桌。千老闆放下小菜，拿起點菜單，都不用聽在座的人點什麼，就直接用筆一邊標記一邊說：「每桌一盤海螺拌麵、一份煎餅和一個湯，對不對？」

煎餅和湯各有三種，但她省略了食材名稱，因為她知道誰喜歡小蔥煎餅和紅蛤湯，誰喜歡牛肉煎餅和魚板湯，大家無需多言，千老闆就會送上他們平時愛吃的菜。食物只是普通的調味料味道，但握有聚餐決定權的人，簡而言之，就是那些大叔都喜歡千之顏和千老闆。

不只聚餐，大家覺得肚子餓了或想潤潤嗓子、喝杯酒聊天的時候也會選擇千之顏。沒有地方比千之顏更適合說服和勸說了，我親眼見過小組的人把握有決定權的主管帶到千之顏，當場收穫最終「成果」。千老闆三言兩語就能讓那些性格固執的大叔卸下防備，她假裝在忙自己的事，但耳朵張得很大，留心聽著我們的一言一語，然後在緊要關頭透過開放式的廚房，盯著大家丟出一句：「哎唷，部長大人，您就同意吧，我們徐科長都這麼苦苦哀求您了。」

有時，她還會悄悄入座。

「怎麼了，我們理事不是很有能力的嗎？」說完又起身扶著那個人的肩膀說：「唉，看來這工作很不容易，難怪你舉棋不定。」

千老闆會根據客人送上免費的下酒菜，露出V領下的陰影說：

「看來這件事還是得常務您來做決斷啊！」

大家總是用「獨身女子」、「孑然一身」或「孤家寡人」來形容千老闆，也許是覺得「孤家寡人」更能凸顯孤獨無助的感覺，所以很多人更愛用這個詞。營造出千老闆主要的氣氛之一就是「女性獨自一人」，雙親早早過世，沒有兄弟姊妹，隻身一人。關於丈夫，則流傳著「死亡」、「坐牢」和「死在牢裡」三個版本的傳聞，沒有人知道真相。聽聞，千老闆結過一次婚，膝下有一個孩子，但很早就送去澳洲留學了。撫養孩子的期間，她沒有得到丈夫任何支援，只靠獨自經營這間餐廳維持生計。

正因為這一點，大家明明喜歡去千之顏，嘴巴上卻總說是「為了幫助人家」。每個人都在強調自己是在幫助「不幸的女人」維持生計，包括我們組的金健日部長在內，幾個常客大叔甚至還展開對千之顏的忠誠度之爭，爭先恐後地幫千之顏提高營業額。如果是自己的錢，他們肯定不會這麼慷慨，但因為有公司的信用卡，所以消費得更加肆無忌憚。

千老闆也積極地利用了這一點。

特別是那些堆在收銀檯一邊、帶著把手且設計幼稚的餅乾盒。爛醉如泥的金部長遞出公司的信用卡時，看到那些餅乾盒，就會口齒不清地問：「白天你就休息一下嘛，還烤什麼餅乾啊？」千老闆也會害羞地笑說：「這不是萬聖節嘛」、「這不是快聖誕節了」、「忙裡偷閒就烤了點餅乾」。金部長聽後就會讓每個人拿走兩盒，然後大驚小怪地稱讚：「瞧瞧千老闆的誠意，多用心啊！」

「我帶回家送給老婆和孩子。」

打開餅乾盒兩側的把手，可以看到裡面裝著五個分別用透明塑膠袋包裝的餅乾。根據不同節日，裡面還會多放一些巧克力、糖果、迷你瑪芬蛋糕或巧克力棒。每盒餅乾兩萬九千韓元。起初千老闆只是在聖誕節的時候準備一些，嚐到甜頭以後，就沒有放過任何一個節日。二月的情人節，三月的白色情人節……每個月都能想到一個節日，就連勞動節、公司成立紀念日、放暑假、千之顏開業紀念日、中秋節、萬聖節、雙十一、聖誕節、新年……也都會準備餅乾盒。每次看到千老闆害羞地把頭髮撩到耳後說「我烤了一些餅乾」時，我就啞口無言。那些餅乾明明就是Costco賣的廉價餅乾，她只是分別裝進透明的包裝袋，再每五個裝成一盒罷了，就連透明的包裝袋和紙盒也都是Costco派對用品專區販售的。

我不喜歡那些根本不值兩萬九千韓元的餅乾盒。

我不喜歡千之顏。

我不喜歡食物裡調味料的味道，不喜歡早已沒了氣泡的酒，也不喜歡叫我歐妮的千老闆，更不喜歡V領下的陰影。但大家喜歡千之顏，都只去千之顏，千之顏的生意越來越好，五張桌子坐滿，我們吃閉門羹的次數也越來越多。「抱歉、抱歉，等空出桌子，我一定先打給你。」聽到千老闆這樣講時，金部長只好垂頭喪氣地先去別的餐廳，然後接到千老闆的電話後，又著急地趕過去。生意日漸興隆的千之顏即使請了人幫忙，也還是忙得不可開交。沒過多久，就傳出千之顏要搬去新大樓擴充店面的消息，千之顏藉助新中央能源公司的信用卡迅速地成長起來。

2

我至今仍不敢相信自己還在這間公司就職，甚至已經做了五年的組長。當然，得知自己要晉升組長的消息也是在千之顏。

加班的同事陸續下班後，已經晉升為本部長且擁有自己辦公室的金健日理事開門探出身子，確認人都走光了以後，來到我的座位，提議去千之顏喝一杯。

他一邊幫我斟滿第一杯酒，一邊說：「我，打算讓玄次長擔任組長。」

「嗯？」

「讓你接手新計畫開發組，出任組長的同時晉升部長，這樣你就不是玄次長，而是玄部長了。我覺得你是最佳人選，但你要是覺得做不來，就現在說。」

面對突如其來的晉升消息，我一時不知道該說什麼好。

「我……是可以，但其他……」

還沒等我說完，金理事就一拳砸在桌子上說：「嘖，不用在意那些傢伙！那些鬼頭鬼腦的傢伙，我現在根本不相信他們。」

金理事一口喝乾剩餘的酒，把空杯大力地放在桌上，接著用雙手抱住頭，低頭盯著桌面抓起了後腦勺。

「真是煩死我了！」

那段時期，公司每天都會上新聞，內部也鬧得沸沸揚揚。

新中央能源公司被捲入大規模非法就業事件，連任三屆的立法委員在長官候選人的聽證會上，被揭露小兒子沒有資格應徵銀行工作，但被銀行錄用了的醜聞。之後長子的就業問題也被搬上檯面，一路追究下去，挖出了更多靠關係就業的案例。調查機關馬上介入，展開調查，其中問題最大的企業就是我們公司，不僅查出高層人事主管非法安排直系親屬就業，甚至還安排了遠房親戚、朋友的親戚和客戶的親戚就業，非法就業的規模可謂嘆為觀止。他們擅自更改合格人選的名單，還收賄，為此，公司先解雇了一批嚴重介入此事件的高層主管，也因此在這些人中算是最清廉的金健日才有機會一躍晉升理事，同時接管多個部門。由於證據確鑿，幾個部長級的幹部也被公司解僱了，我所在的新計畫開發組組長就是其中一個，所以組長一職才空缺了下來。

金健日理事的意思是，讓我填補這個空位。

雖然我知道組長一職空著，也知道無論是工作經驗還是年資，我都是最佳人選，還是下意識地覺得自己會被排在第三位。

我會這樣想是有原因的。

我們公司的會長會親自在新人裡挑選外表出眾的女職員，然後安排到會長秘書室工作。會長秘書的任期為三年。公開的晉升名單中，雖然也有女性，但相較於男性極少，理事以上的職務根本沒有一名女性。正因為這樣，我從沒想過自己可以當組長，更沒期待過這件事。從進公司的第一天開始，我就察覺到公司內部的問題，我始終覺得自己做到某一天就會突然辭職，或者選擇研究之路，而不是管理職。當初，我們小組就是公司可有可無的一個技術部門，如果順利的話，可以歸入研究部門，我也因此暗自規劃研究之路才是最好的選擇。

和我一起進公司的兩個男生也是組長候選人，所以我自然地覺得自己會被排在第三位，而且他們與被解僱的前組長關係甚好。

金理事開口說：「這次的新計畫真的很重要，你明白吧？我信不過那兩個人。我做組長的時候，他們天天混在一起稱兄道弟，上班時間動不動就跑出去抽菸，就知道偷懶。那幾個人還經常進出有女性陪酒的夜店，所以才會搞出那種事。我再也不相信那些傢伙了。」

金理事見我陷入深思，又開口說：「玄次長，你也知道我從來不去那種地方，這可是我的信念。」

「啊……我知道。」

「我可不會做那種讓我們家雙胞胎丟臉的事。」

金健日拍著桌面接著說：「我沒做那種事也走到了今天。」

表情堅決的金健日環顧四周，確認千老闆在哪裡後，傾身壓低聲音說：「我喝酒頂多也就是來這種地方。」

該怎麼形容金健日好呢？

研究所工程師出身的他身材瘦小，身高只到我的肩膀，長相溫順，屬於那種不會給人留下特別印象的普通人。但他頭腦非常靈活，雖然沒有什麼了不起的成績，但不斷嘗試的小計畫都成功完成，所以年紀輕輕就當上組長。他的辦公桌上貼著雙胞胎和妻子的照片，是一個很顧家的爸爸，而且不抽菸。十幾年來，他從沒幫任何人安排過工作。簡單來講，他算是公司裡最清廉的人，而且是在這麼保守的公司裡提升我做組長的人。

可能是因為這樣，就算我能找出無數個討厭他的理由，還是願意留在他手下工作。

「我看不起那些骯髒的人，只喜歡清廉的人。我覺得組長一職應該交給正經做事、有原則、肯擔責任的人。」

金理事又喝了一口酒。

「我也知道會有人不滿，但你做得最好，成績也比他們好，這是不可否認的事實。但是……一開始肯定會有人說三道四，你能承受嗎？」

「我願意一試。」

「你會做得很好的。」

金理事補充了一句像是鼓勵的話：「我可沒把你當女人看。」似乎有一個問號模樣的托盤突然從天而降，擊中我的頭頂。

說好只喝一杯的，但覺得自己遇到難關的金理事沒完沒了地跟我訴苦，結果又喝了好幾杯。說是難關，但站在他的立場來看，就是漁翁得利。公司突然裁員，他才能掌握大權，我越聽越搞不清楚他是在訴苦，還是在炫耀。

我和金理事搖晃著身體走到櫃檯結帳時，千老闆假惺惺地說：「玄次長，我都聽金理事說了，你現在是部長了吧？恭喜啊！初次見面的時候，你還是新人……真是了不起啊。」

千老闆邊說邊輕拍我的肩膀。我討厭千老闆碰觸我的身體，於是故意把手提包挎在肩膀上，避開她的手。千老闆接過公司的信用卡走進櫃檯，她是否在意我的舉動我不得而知。

那天我喝得特別醉，醉到讓計程車停在路邊，下車把所有吃進胃裡的食物全部吐出來。我想喝水，但身邊只有金理事送的一盒餅乾。

若是平時，我早就把餅乾盒丟在家門口的垃圾桶裡了，但那天我實在無法忍受嘴裡的腥味，於是取出一塊黑色的餅乾，撕開包裝，咬了一口。滿口的巧克力味，甜甜的。

*

新店遷址前，裝潢花了十天的時間，得益於此，那段時間聚餐沒有去千之顏。幸好金理事為慶祝我升職所張羅的聚餐也訂在那段時間，我選了一間新開業、之前就很想去的傳統酒吧。果不其然，那天所有人都因為續攤不能去千之顏而感到遺憾。即使坐在裝潢乾淨的傳統酒吧裡，也沒有人點高級的傳統酒，而是堅持要喝燒酒或啤酒。金理事一邊抱怨燒啤的比例不對，一邊嚷嚷著還是想去千之顏。和往常一樣，在強制勸酒的氣氛下，我又喝了超出自己酒量的酒。我默默地去廁所把吃下的東西吐出來，走回包廂的時候，隔著薄薄的窗戶紙，清楚地聽到了金理事和其他人的對話。

「千之顏，這店名取得可真好。」

金理事的身影映在白色的窗戶紙上，他把雙手放在胸口，誇張地左右搖擺雙臂說：「說實話，千京熙老闆的那張臉都被身材掩蓋住了。」

「沒錯，還是您會看。」

金理事連連點頭。

「千老闆屬於那種因為身材太好而臉蛋吃虧的人。」

幾個人隨聲附和。

「是啊。」

「沒錯，您分析得真準確。千老闆身材的確好，但人也長得漂亮啊。」

「有臉蛋又有身材，怎麼能不去呢。」

「趕快重新開業，讓我們去啊。」

「到時我們去祝賀她重新開業，讓她多賺點。」

當下我不能打開那扇門，只能穿著餐廳的拖鞋，呆呆地望著那些人站在門口。我無法參與的對話絲毫沒有終止的跡象，我於是走回廁所又吐了。胃已經空了，只有酸溜溜的胃液湧了上來，我按下馬桶的沖水把手，俯視漸漸消失的漩渦，告訴自己，從明天起我就是組長了。

*

升任組長後，我最先做的事就是改變聚餐文化。

首先，一個月只聚餐一次，而且盡量不會選擇星期五。聚餐當天，所有人在五點五十分結束工作，不管續不續攤，聚餐都會在九點準時結束。不勸酒，只讓想喝酒的人喝酒，最重要的是，我們再也沒去過千之顏。

我們組的聚餐會選在口碑好的紅酒酒吧或米其林星級餐廳，也會包場去看當下熱映的電影，以此取代聚餐。我不會堅持一定要在晚上聚餐，春天天氣好的時候，吃完午餐就拿著冰咖啡去櫻花路散步，也會在平日悠閒地去看週末因人潮太多而難以入場的人氣展覽。雖然其他組組長擔心這種方式的聚餐會降低組員的團結力，但事實並非如此。我們也會去打保齡球，在燈光照明下，分組一邊喝著自己選擇的啤酒一邊比賽。在這種競爭氣氛下，可以聽到組員們的應援聲、擊掌聲和分數改變時的歡呼聲。包場看電影的時候，我會要求廣告時間播放我們公司的廣告。電影開始前，看到大銀幕出現新中央能源公司的廣告時，大家還會鼓掌。新計畫開發組成了所有人嚮往的小組，小組的成績也有目共睹，令我感到意外的是，我竟然很適合管理職。

但無可奈何的是，我始終是金健日的下屬。不僅是他選我入社，也是他一路帶我從新人走來，而我也為了幫他完成那些新計畫，貢獻了自己二、三十歲的青春。最重要的是，他不顧在公司裡樹敵，提拔我做了組長。

正因為這樣，我不得不忍受他不只一次，不，應該說是經常來找我說這些話。

「你們組這個月沒聚餐嗎？」

「已經聚餐了。」

「千老闆說沒看到你們啊？」

「因為我們沒去她那裡。」

「為什麼？」

我如實坦白了自己的想法：「我覺得食物不好吃，也不是很喜歡那裡。」

「嘖，我看你是真不懂吃，哪間餐廳的菜單能有千之顏全啊。」

即使金理事知道了我對千之顏的想法，但下個月、下下個月還是會繼續跑來問我：

「你最近為什麼都不去千之顏？」

「喔，我不想去。」

「偶爾去一次吧。」

「我會考慮的。」

我隨口敷衍過去，但之後的聚餐也沒有去過一次，而且在我任職組長的五年裡，再次選出比我更年輕的組長，以及「下一代」新人入社期間，不僅我們小組，就連其他小組也都不去千之顏了。聽說遷址後店面變大的千之顏生意越來越差，但這跟我沒關係，我只希望獲得大家的信任，只想要更有效、更健康地帶領我的團隊，讓大家不討厭上班，滿足於自己的工作。

3

上週五傍晚，金理事，不對，現在他已經晉升為常務了，金常務把我叫了過去。常務辦公室比理事辦公室更大，位置也更偏僻，說得具體一點，常務辦公室從門口到辦公桌的距離更遠。辦公桌上擺著寫有「常務金健日」的螺鈿名牌，昨天還是臨時的透明玻璃名牌，看來這是今天剛送來的。名牌散發出隱隱的漆味，鑲嵌在光滑黑漆上的貝殼微微閃著光亮。秘書不在，獨自坐在辦公室的金常務開口問：「你們組徵人有結果了嗎？」

「還在進行。先篩選了一遍透過徵才網報名的人，下週打算面試其中兩個人。」

「通知他們面試了嗎？」

「還沒。」

我話音剛落，金常務立刻伸出右手在空中畫了個叉。不知道他是不是想打嗝，突然皺起眉頭低下頭做出吞嚥的動作，然後把放在桌上的Ａ４紙轉向我能看清楚的方向。是履歷表。

「我想拜託你一件事，不要通知那兩個人面試，先看看這份履歷表，面試一下這個人。」

我啞口無言，用五根手指點著履歷表，盯著金常務的臉。金常務假裝若無其事，用手帕擦著螺鈿名牌。我轉頭嘆了口氣，再次看向坐在我面前的金常務。

「你現在是在叫我非法幫人安排工作？」

「玄部長，話怎麼說得這麼難聽呢？這次又不是正式徵人。」

不是正式徵人就可以靠關係走後門了？之前不是還稱讚我做事公

正嗎？

「難道你忘了我是怎麼做到今天的位置嗎？」

「沒忘，沒忘，我提拔你的怎麼能忘呢，所以我才拜託你啊，這個人跟我一點關係也沒有。」

「那也不行，這件事就當我不知道。」

我奪門而出，身後傳來金常務緊追上來的腳步聲。我無話可說，逃跑似地趕快躲進空無一人的會議室。金常務也緊跟在後，一把抓住門把，我從裡面用身體頂住門，好不容易才關上。雖然我想鎖門，但金常務在外面反方向握住門把，根本鎖不上。金常務身材矮小，力氣不如我大，所以只能從外面握住門把不放。他一手緊握門把，一手不停地敲門說：「玄部長，玄部長！你快開門。真是的，力氣怎麼這麼大？我們聊聊。喂，玄秀英！」

我擔心經過的人會誤會，於是往門後退了一小步。瞬間，門猛地打開，衝進會議室的金常務險些撲倒在地。他尷尬地整理了下西裝袖口，一邊關上會議室的門一邊說：「我不是讓你選那個人，我就是讓你面試一下而已。」

「不行。」

「人家很聰明的，你不選這種人就太可惜了。」

「那就請那個人透過徵才網正式報名。」

「好，我知道了！不過，你得答應我先面試這個人，之後再面試那兩個人。」

我們的嗓音越來越大。

「不行，如果那兩個人中有人才的話，就得錄用。請轉告那個人，等以後徵才網有名額的時候再報名吧。」

「嘖，真是的，那我拜託你還有什麼意義。那個人很聰明，你自己看看人家的履歷表！」

金常務試圖把履歷表塞給我，但我推開了他的手。

「不行，請你出去。」

金常務往後退了一步。

「唉，你就看一下嘛！」

我和金常務隔著履歷表較量起力氣。我把履歷表推到金常務胸口，然後隔著那張紙用力推著他，金常務漸漸被我推到了門口。

「請你出去！啊，我叫你出去！」

終於，金常務的雙腳和身體被我推出了門外，就在我要關上門的瞬間，他突然把手伸進門縫，抓住了門邊。我氣得恨不得馬上關門夾住他的手指，但最後還是鬆開了手。金常務又衝進會議室，門關上的同時朝我大喊道：「那孩子！是千老闆的女兒。」

瞬間，我感到頭暈目眩。

這句話觸動了我內心的某個地方。

我故作淡定，不以為然地反問：「所以呢？」

金部長接下來的話徹底動搖了我。

「千老闆，罹癌了。」

金部長哭喪著臉說：「聽說千之顏也要關門了……」

「別說了。拜託，請你拿著履歷表出去……」

我好不容說出這句話，但金常務打斷我說：「你就這麼冷血？做人怎麼能這樣呢？都是女人，你不覺得她很可憐嗎？」

這瘋子到底在胡說八道什麼？

「老實說，千老闆會變成這樣，你也有很大的責任。你不覺得嗎？非得我說出來？」

「我有責任？你什麼意思？」

「哎唷，好吧。就你了不起，就你能幹，就你最有能力。」

我感到體內有什麼東西在劇烈搖晃。為了搞清楚這件事，我用力跺了一下腳，追問道：「少說沒用的話，你倒是說說看，我為什麼要對這件事負責？」

「難道你不知道千之顏的財源是我們嗎？整整二十年，她都在做我們公司的生意。千老闆能做的、會做的就只有開店做生意。人家不辭辛苦，堅持了這麼多年。可你呢，你做了組長以後都怎麼了？你再也沒去過千之顏！」

我氣得立刻反駁：「你這話說得也太奇怪了吧？如果我不去就會關門的話——」

金常務打斷我說：「何止這一件事？你還製造了不讓大家去的氣氛，都是你主導的。你說千之顏不怎麼樣，還暗指人家『有問題』。了不起的玄部長到處散佈謠言，你以為我都不知道？自從你當組長以後，帶著大家喝紅酒、打保齡球，說什麼在千之顏那種地方喝燒啤、吃煎餅太落伍，助長了全公司不去千之顏的風氣！之後其他小組也開始學你們，公司的聚餐風氣大變，大家慢慢地都不去千之顏了。你是真不知道，還是裝傻？千老闆為了擴充店面花了那麼多錢，但客人卻越來越少，你知道人家有多難過，壓力有多大嗎？」

金常務還說，如果我覺得這件事跟我沒有關係，就隨便我怎麼想好了。說完，他把視線從我身上移開，搖起了頭。他一邊把手中的履歷表摺起來，一邊喃喃道：「就你了不起，你最優秀，像你這種人根本不理解無依無靠的女人走投無路有多絕望，你這輩子都不會明白身為人母的心，你就這麼自私地活下去吧。」

我現在也不知道自己當時為什麼會那麼做，我伸出了手，一把搶過金常務手中的履歷表。

「我看還不行嘛！」

我轉身打開摺起來的履歷表，走到窗邊的桌子。金常務緊跟過來，用令人心煩的聲音不停追問：「真的看？真的？」

我背對窗戶，坐到椅子上，掃了一眼履歷表。

「倫敦……政經學院……？」

金常務對我的自言自語立刻做出反應：「那可是世界知名的大學。」

「我怎麼沒聽過？」

「嘖，怎麼可能，LSE沒聽過？人家可是比我們首爾、高麗和延世大學都更有名呢。」

「是喔……」

「約翰．甘迺迪畢業於那間大學……還有，那個誰，台灣的那個女總……」

一頭霧水的我看向金常務，他又低下頭，伸手在虛空中一邊比劃一邊嘀咕：「叫什麼來著？那個……台灣那個女的，我突然想不起來她叫什麼了……短頭髮，戴眼鏡的……」

我不確定地反問一句：「蔡英文？」

「嗯，對！就是她！」

我下意識地輕輕閉上眼睛，然後吃力地睜開後說：「我先看一下再跟你說，你現在可以走了吧。」

站在桌子旁的金常務這才默默地走了。會議室的門關上，我感到頭痛欲裂，趴在了履歷表上。我閉著雙眼，但某種令人不悅的殘影浮現眼前，彷彿有人在用什麼尖銳的東西不停刺著我的太陽穴。A4紙上的墨水味竄入鼻孔，我趴在桌上，回想起了當天從早上五點半開始的日常。首先想到的是我上班前在公司附近的小健身房與教練的對話。為了維持體力，我已經在那裡運動好幾年，健身房從開業以來就一直在那裡，但不久前教練說打算搬去更大的地方。聽到這個好消息，伸著一條腿拉筋的我說：「恭喜啊。」

「謝謝，其實……都是我運氣好。」

教練意外地提起了我也認識的一位老奶奶，那位老奶奶總是比我提早一個小時去運動，主要以復健運動為主。為了幫健身房擴店遷址，她毫無代價地投資了三千萬韓元。她說服教練，不要只一對一教學，搬去更大的地方，添購運動器材，多招一些會員才能賺錢。老奶奶還說，等日後生意好了，再把本錢還給她。

「老人家在我這裡運動很久了，膝蓋改善了不少……她可能是看我每天從淩晨開始教人運動，所以很看好我吧。我說老婆懷了第二胎，開心是開心，但也很擔心，老人家就勸我趕快搬家，真是教人感激不盡，沒想到我也能遇到這麼珍貴的緣分。」

飄浮在我眼前的殘影漸漸變得模糊，消失後就只剩下徹底的黑暗，我突然意識到，這世上的確存在著那種對他人不求回報的善意。

我抬起頭，從椅子站起身，拿起桌上的履歷表，長著一雙炯炯有神的深褐色眼睛的孩子面帶微笑注視著我。金世元。瞬間，一個疑問跑了出來：她怎麼不姓千？但下一秒，我就意識到自己太過在意這個孩子是千老闆的女兒了。我告訴自己，必須抹去她與千老闆的關係，以客觀的角度來看這份履歷表。這孩子姓金……難道……是金常務的私生女？這個想法從我腦海一閃而過。不可能，畢竟大韓民國有一半以上的人姓金，況且，最重要的是……想到這裡，我又看了一眼履歷表，更加肯定了金常務的基因不可能生下五官這麼立體的孩子。

我的視線慢慢往下移動，畢業於澳洲威路比女子高中WGHS、倫敦政治經濟學院LSE應用統計學系，謝菲爾德大學國際學院東亞經濟研究所碩士……不知不覺間，我已經翻到下一頁的自我介紹。文章簡潔明瞭，很有可讀性。我甚至覺得如果是在徵才網看到這份履歷，我也會選她……我不禁埋怨起金常務，如果不是他，說不定就可以透過正當的方法錄用這個孩子。金常務既沒策略也沒頭腦，真不知道這麼蠢的傢伙是怎麼做到常務的，除了運氣好以外，我想不到別的答案了。

*

週末兩天，我左思右想，最後決定見一見金世元。

「請進。」

門打開，她走了幾步，走到準備好的椅子旁停下。

「金世元？」

「是的。」

「請坐。」

端莊的黑色正裝，白色襯衫，整齊的頭髮綁在腦後……我不想在意，但沒辦法，因為她們長得太像了。雖然無法具體指出是哪裡像，甚至不覺得她們是母女，但金世元的那張臉的確微妙地散發著千老闆的感覺。

「請先簡單做一下自我介紹。」

這是面試時常問的第一題。我一邊聽她講話，一邊翻看新印的履歷表和自我介紹。金世元的聲音很好聽，是的，回想起來，千老闆的聲音也很好聽……啊，我怎麼又想起千老闆了，我不停地警告自己不要去想這件事。金世元的自我介紹結束後，我抬起頭。這孩子一定很有洞察力。我之所以覺得她和千老闆的氣質很像，正是因為那清澈的眼神。

「同樣的內容，可以再用英語講一遍嗎？」

「好的。」

她的英語講得也很好聽。說實話，我沒有全部聽懂，但可以肯定的是，她的英語發音和在地人一樣好。我點了點頭，假裝都聽懂了。英語這麼好，真是沒枉費千老闆不辭辛勞賺錢，把這個心肝寶貝送到太平洋對岸求學啊。我為了不去想那些因為太舊而近乎半透明的3000cc塑膠杯和劣質的兩萬九千韓元餅乾盒，輕輕閉上了眼。我睜開眼睛後問：「你講的不是英式英語吧？」

「英式和美式，我都會。」

「你在澳洲讀的國小、國中和高中？」

「是的，澳洲式英語我也會講，三種都可以。」

金世元豎起拇指、食指和中指，笑了笑。我覺得她很厲害，一點也不緊張。

「那你習慣使用哪種英語呢？」

「我會根據講話的對象來選擇。」

「原來如此……對方使用英式英語的話，你就講英式英語囉？」

「是的。」

「對方使用美式英語，就講美式英語？」

「是的。」

「澳洲的話，就講澳洲式英語？」

「沒錯。」

我到底為什麼要面試她呢？連我自己也不知道，所以也想不出適當的問題。因為金常務拜託我，所以才找她來面試，但我沒有要錄用她的想法，正因為這樣，我才想不出問題。可是人都來了，總不能什麼都不問吧。我的身體漸漸靠向椅背，蹺著的腿換了一個方向後又問：「你的英語這麼好，學歷這麼高，如此難得的人才怎麼會想來我們公司呢？我們公司相當保守，難道你沒有想過留在國外工作嗎？」

「沒有，我原本的目標就是完成學業後回韓國工作。」

「為什麼？」

「因為我想在韓國生活，畢竟家人們都在韓國。」

瞧瞧這孩子！

我不由自主地揚起一邊的嘴角，但是，家人們？「們」？我知道你家的事，什麼家人「們」？家人不就只有千老闆一個人嗎？怎麼不說媽媽，而說家人「們」呢？而且還「都」在韓國。我把視線從履歷表移到金世元身上。瞬間，我為了掩飾驚訝之情，咬緊了牙關。我的心跳加速，甚至快要爆炸了，因為面前的金世元也揚起了一邊的嘴角，而且在用那雙極具洞察力的眼睛注視著我。

怎麼了？我笑得很奇怪嗎？

那你剛才在笑什麼？我很可笑嗎？你覺得我很可笑嗎？

我把單數說成複數，用「都」這個副詞很好笑嗎？

喂，你以為你自己不好笑嗎？

你不也是不想得罪金健日，所以才叫我來面試的嗎？

有什麼好理直氣壯的？

金世元一邊的嘴角緩緩地回到原位。充斥在我耳邊的聲音又說：

所以，為了彼此的利益，還是圓滿結束這場面試吧？

我的身體下意識地離開椅背，蹺著的二郎腿也放了下來。我整理了一下衣領，摸了摸戴在左腕的手錶，然後把手中的履歷表一張張攤在桌子上。

我改變坐姿，並不是因為害怕剛剛聽到的那些聲音。

而是因為毛骨悚然的感覺讓我束手無策。

我清楚地意識到，我需要的正是她這種人。

我沒有必要再努力不去想她是誰的孩子了，她是千老闆女兒的想法早已從我的腦海消失。我把手肘放到桌上，身體傾向金世元和攤開的履歷表。這場面試，不，應該說是對話進行了很久，我回過神看一眼手錶，已經過去六十五分鐘了。我大吃一驚，趕快結束面試。事實上，在這之前，早在十五分鐘的時候，我就已經看出她是一個很有工作能力的人。看出這點無需一個小時的時間，如同閃光般的直覺讓我做出了這個判斷。

我預視了。

這個孩子不會因為自己是一無所知的新人而感到害羞，遇到不知道的事情會自己去尋找答案，然後再用自己的方法確認答案。不僅如此，她還不會不懂裝懂，若找不到答案，她會虛心承認並請教他人。她懂得學以致用。當然，無論做什麼，她都會先徵求主管的同意，不會自己判斷對錯。她會發揮很好的寫作能力，無論是郵件或文件，都能寫出讓對方能讀出重點的內容，還可以將他人晦澀難懂的文章修改得精鍊易讀。她會留意組織中的先後順序，有效率地開始工作，也會大膽地發表意見，避免浪費不必要的精力和時間。她會利用節省下來的時間，尋找新的專案。當然，在此之前，一定會先徵求主管的同意。她會從年輕人的視角為我解讀市場動向，提醒我應該注意什麼，她會讓我大吃一驚。

我在職場生活了十七年，培養出識才的能力，所以我一眼便能看出金世元是很難得的人才，這種如寶石般的人才幾年才能遇到一次。當然，在金世元之前，我也遇過這樣的孩子，我想起了這些年來與我擦肩而過的閃亮寶石。

智閔是在我剛升代理時進公司的，她非常聰明伶俐，因為太聰明伶俐了，所以就被競爭公司挖走了。代理做到第三年時，我遇到了下屬李友娜，工作能力出眾的她剛做滿兩年，就突然發喜帖說要跟隔壁小組的科長結婚，沒過多久又申請產假，產假結束後就辭職了。記得不久前，第二個孩子滿週歲時，他們還送了大家年糕。還有一個下屬崔恩書。沒錯，恩書也相當能幹，她剛升代理沒多久就辭去工作，赴美進修ＭＢＡ，之後好像就留在那邊了。幾年後，她在臉書上傳把學士帽拋向高空的照片，之後還上傳了很多以波士頓不同季節為背景的照片。隨著時間流逝，照片中登場的人物漸漸多了起來，那些照片令我羨慕不已。之後我錄用了善於察言觀色、做事手腳俐落的申秀燕，想到可以好好培養這個孩子，我每天早上上班都很開心，但她剛進公司兩個月，就被會長調去當隨行秘書了。被調走的前一天，她哭著跟我說不想當秘書，我答應她三年後一定把她調回來，但她做了兩年秘書就辭職了。之後……是韓星，我很喜歡的韓星，一想到她我就心痛。那時我剛升上次長沒多久，正準備和韓星一起做一個新計畫，她說想辭職的時候，我受了不小的打擊。之後得知她想辭職的理由，更是心痛不已。她說打算重考，想去教育大學讀書，她之前的夢想就是教書，所以想趁年輕再挑戰一次。我再三追問她真的是因為這種理由嗎？她只是默默地點了點頭。我不認為她在說謊，但做出這種決定不可能只是因為想當老師，何況還要重考，她是有多討厭這間公司才想要透過重考重新規劃自己的人生呢？我的屬下竟然懷抱這種想法，讓我十分痛心，同時也覺得很傷自尊。我傳了一則訊息給她，不是為了挽留她，而是想知道她為什麼討厭公司，以及身為主管的我哪裡需要改進。說實話，我想知道具體的原因，但韓星仍舊堅稱不是因為討厭公司，而是自己本來就很喜歡小孩，夢想做老師。我明知道不該那樣做，還是跑去她家附近的咖啡廳等她。在千之顏結束聚餐後，我總是搭計程車先送她回家，所以知道她住在哪裡。「我在你家附近的咖啡廳，我們能見一面嗎？我在這裡等你。既然都離開公司了，可以告訴我為什麼辭職嗎？」韓星走進咖啡廳的瞬間，我不由自主地流下眼淚。我發誓，談戀愛的時候，我都沒有出過這種洋相。「對不起……我只是很難過……因為像你這麼優秀的孩子都走了……我只是想知道原因……是我的問題嗎？你能誠實地告訴我嗎？」韓星終於開了口：「次長，我真的很喜歡你，即使我們家住反方向，每次你都還是先送我回家。次長……我只是想找一份穩定的工作，在那間公司，我看不到未來……對不起。」

「有什麼好對不起的，讓你看不到未來，我才該說對不起。」

但現在不同了。我現在有自信了。

我不想再錯過最後遇到的人才。

我回到座位，翻開下屬選出的、打算面試的那兩個人的履歷表。畢業於廉谷高中、上海大學行政管理系、陸軍兵長退役、斗英建築公司實習經驗、電腦應用技術一級、HSK六級……大家好，我是出生於嚴父慈母家庭的長子……哇，真是受不了，現在竟然還有人這樣自我介紹？那麼多人裡面就只選出這兩個人？也是……超凡脫俗又有能力的年輕人怎麼會選擇我們這種傳統產業的公司呢？現在的年輕人都喜歡自由奔放的電子產業，真是什麼人選擇什麼公司啊！陳腐守舊的人才會選擇這種落後時代的公司。我不滿意這兩個人，我需要的是像金世元那樣的人，我已經做了百分之八十的決定要選擇她，但是在此之前，我打算先去一趟千之顏。我不知道為什麼想去，但就是覺得有這個必要。我掐指一算，已經五年沒去了。

*

當組長以後，我只去過一、兩次遷址後的千之顏，而且還是被金常務硬拉去的。那時千之顏的店面是現在的兩倍，餐廳裡坐滿穿西裝的人，從出電梯到店門口擺滿了掛著粉色蝴蝶結、祝賀遷址的花盆，但那已經是很久以前的事了。我不想遇到其他人，所以特地在開門前趕到，我知道千老闆總是比門上寫的開業時間提早十五分鐘開門。

正在廚房洗東西的千老闆聽到門鈴，轉過頭來。千老闆看到我大吃一驚，趕快擦乾手，穿過大廳快步走來。千老闆一步……一步……朝我走來……當我與她的距離漸漸拉近……不禁產生了過去、現在和未來在這個只有我和她的空間裡交錯的奇怪感覺。我目不轉睛地盯著她的臉，努力擺脫這種感覺。我真的很久沒有見到千老闆了，雖然她那種特有的氣質依舊如故，但的確衰老了不少，而且可以肯定的是，我也和她一樣變老了。

「玄部長，好久不見啊。」

千老闆的記憶力很好。

「好久不見。」

「現在還早，怎麼辦……先來杯酒？」

我仰頭看了一眼剛才透過玻璃門已經看了很久的菜單。

「一杯500cc生啤酒。」

「好的，下酒菜呢？」

「小蔥煎餅好了。」

「哎唷……今天沒準備蔥。」

我脫下外衣，入座後改點另一道菜。

「那就來一份雞蛋卷好了。」

「真不好意思，現在沒有雞蛋……」

搞什麼……怎麼要什麼沒什麼？我不是不滿，只是覺得這也太巧了吧。我又看一眼菜單，千老闆笑容滿面地看著我說：「對不起，對不起，我剛才去醫院，最近身體不適。」

我從辦公室走來的一路上，也就是從穿過小巷、走進電梯、按下三樓按鈕、出電梯走到店門口，到透過玻璃門看到牆上的菜單為止，都在告訴自己不要在意她罹癌的事。但無可奈何的是，想起這件事時，我耳邊就會響起金常務對我的責難。我痛苦不已。好久未見的千老闆略顯蒼老，這應該是歲月的痕跡，但也可能是因為生病……我明知道這個事實，還是假裝不知道，努力不去看她的臉，把視線固定在菜單上。

「沒關係，那海螺拌麵呢？」

「嗯，可以是可以，但……」

這次又有什麼問題？

「你不是不喜歡吃海螺嗎？」

千老闆這句話，就像有人揪住了我的後頸，一下子把我拽回了十七年前令人不自在的聚餐。那種時差感讓我頭暈目眩，動彈不得，內心掀起了狂風巨浪。千老闆接著說：「我看你總是挑麵吃，把海螺都推到盤子一邊。」

我這才恍然大悟，原來我不喜歡海螺這種食材。

幾年前，年輕的我只能默默地跟主管去他們想去的餐廳，吃他們想吃的菜，扮演聚餐時的隱形人。那時的我會把難以下嚥的食物塞進嘴裡，然後再去廁所吐出來，或是先把菜挾到自己的盤子裡，再把不吃的東西挑出來放到一邊，然後用紙巾悄悄蓋住。是的，我經歷過那樣的時期。我不好意思說自己不能吃海螺和蟬蛹，所以想方設法遮掩。

但不知為什麼，最近幾年，沒去千之顏的這幾年裡，年紀漸長的我也開始吃海螺了，甚至一個人的時候也會叫海螺拌麵外賣。我對千老闆說：「年輕的時候，的確不喜歡吃。」

「是啊，初次見面的時候，你真的很年輕。」

「上了年紀，口味也會變。」

「大家都是這樣，上了年紀口味就變了。」

千老闆先端來小鯷魚乾、五顏六色的爆米花和一杯生啤酒，然後走進廚房。生啤酒杯上蒙了一層白霜，口乾舌燥的我握住冰涼的把手喝了一大口，涼爽的啤酒冰得我腦袋嗡嗡作響。啤酒這麼好喝，真不懂為什麼要加燒酒，就在我思考這個問題的時候，千老闆把一盤海螺拌麵放到我面前，我不自覺地轉頭看向海螺拌麵端上桌的方向，進而恍然大悟到自己下意識想要確認的事情。最終，我的視線落在了千老闆的臉部下方，也就是乳溝的部位，但被破舊的圍裙遮住了。

「請慢用，有其他需要再跟我說。」

千老闆轉身背對我，走進了廚房。我低頭看著像線團一樣的麵，愣住了。

是啊，圍裙明明遮住了乳溝，為什麼我會覺得每次千老闆送菜來的時候，都在故意露出那道陰影、乳溝的始點呢？為什麼那段記憶、那道陰影、那條線的始點會清晰地留在我的腦海裡呢？之前她都沒有穿圍裙嗎？還是只圍在腰間？我記不清楚了，那已經是太久以前的事了，久到一個人的口味都變了，久到一個孩子都大學畢業開始找工作了。我覺得也有可能是我扭曲了記憶或者過度放大這件事了……但隨後又覺得，就算我的記憶都沒錯……那又怎樣呢？問題不是那道陰影，而是為了那道陰影，幾十年進出千之顏，獻上公司信用卡的那些人。當初我心存不滿的應該是這一點才對啊！我一邊用筷子拌著麵，一邊做出選擇金世元的決定。我告訴自己，那孩子是我在徵才網發現的人才，我也絕不會干涉之後人資部門和主管的面試。如果金世元不能通過之後的面試，就是她自己能力不足，現在我只能把球交給金世元和其他的面試官了。即使我這樣想，還是預感到她會順利通過接下來兩輪的面試。

第二天，我讓下屬通知金世元來參加人資部門的面試。

*

過了三天，我才發現我把文件袋忘在千之顏。

我想了一下文件袋裡裝了什麼，好像沒有什麼祕密文件，但有透過徵才網影印的那兩個人的履歷表，所以還是不免心驚了一下。履歷表等於是個人資料，想到這裡我趕快走到空會議室給千之顏打了一通電話。幸好是開門前，千老闆接起電話。

「千老闆，我是新中央新計畫開發組的玄秀英。」

「喔喔，我知道。玄部長，有什麼事嗎？」

我是第一次打電話給千老闆，但感覺她真的透過聲音認出了我。

「前幾天我去的時候，好像把一個文件袋忘在店裡了。」

「嗯，我幫你收起來了。我還想你怎麼不來拿呢，我沒有你的電話。」

我鬆了口氣。以防萬一，我思前想後又補充了一句：「喔，那個文件袋，您可不能……」

千老闆立刻打斷道：「哎，玄部長，我做生意又不是一、兩天。你放心吧，我一眼也沒看，早就鎖進抽屜裡了。」

聽到她這麼說，我感到很難為情，覺得自己多疑了。我說這兩天會去拿文件袋，掛斷電話後，就回去忙工作了。

一個星期後，見完客戶返回公司的路上，我收到金世元通過人資部門面試的通知，接下來只剩下主管面試了，我這才想起那個文件袋，於是進公司前先去了千之顏，剛好在千老闆準備開門前。

我走進大樓，按下電梯三樓的按鈕，沒有按關門，然後照了照鏡子。我請了個人教練做訓練，雖然相較於年齡，我的體力還算好……但外表還是老了不少，如今我也和千老闆一樣都是「大嬸」了。也許正因為這樣，和千老闆講話時，我不再像從前那樣不自在了。

不知不覺，電梯到了三樓，門緩緩打開。然而，門還沒徹底打開，我眼前就出現了難以置信的場景。我心想，門都還沒打開，一定是我看錯了。等到電梯門大開，面前的場景如實地進入眼簾時，我還是無法相信剎那間看到的那一幕。我走出電梯，背後的電梯門關上，我這才清楚地意識到眼前發生了什麼事。

那個站在樓梯間抱著千老闆的人是金常務，雖然不是完整的背影，但我不可能認不出十幾年來每天面對的直屬上司瘦弱的背影和空曠的頭頂。我回過神，看清楚狀況後，這才發現一直沒有注意到的事情，彷彿緊握著的什麼哐的一聲掉到地上，我感到呼吸困難。金常務雙手摟著千老闆的腰，把臉埋在她的胸前。我的腦袋一片空白，心想必須去救千老闆。我嚇得呼吸困難，硬是喘著粗氣邁出了一步。

就在這時，千老闆抬起頭，我這才看清那張背對窗戶、背光的臉。我們四目相對，她舉起右手朝我擺了擺。過來，快過來。我用眼神示意明白了，然後躡手躡腳地、慢慢地往前邁出一步。但千老闆突然皺起眉頭，接著快速地搖了搖頭。我又邁出一步時，她的頭搖得更劇烈，表情也變得猙獰。

我忽然理解了她擺手的意思。

她不是在叫我過去。

她的手不是向裡擺，而是向外。

她不是要我過去，而是要我走開。瞬間，我感到脊背發涼，下意識地倒退了幾步。這時千老闆看著我，緩緩地點了點頭。做得好，就是這樣，她連連點著頭，伴隨著點頭的節奏，千老闆的下巴輕觸金常務的頭頂，雙手輕輕拍著他的背。金常務窄窄的肩膀微微抖動，把臉埋在千老闆的懷中哭個不停。

*

世元！

世元！

不是那邊，是這裡。

不，沒關係，從這裡開始好了。

那個孩子，金世元，從我面前走過。

邁著堅定的步伐。

跟大家打個招呼吧，這位是新加入我們小組的金世元。

大家好，我叫金世元，請多多關照！

各位，這位是今天新來的金世元。

大家好，我叫金世元，請多多關照！

這是我們組的新人，金世元。

大家好，我叫金世元，請多多關照！

你們聽說了吧？這位就是金世元。

大家好，我叫金世元，請多多關照！

同樣的話迴響在不同地方，金世元每次都像第一次一樣，充滿活力、毫無羞澀、游刃有餘地自我介紹。

每個部門都走了一圈後，金世元回頭看我，就像在做完成任務後的儀式一樣，雙手交叉在胸前，深吸一口氣。這是付出努力的訊號，我喜歡這樣的她。金世元雙手合十，像祈禱一樣十指緊扣，然後看著我的雙眼說：「組長，今後就請您多多關照了！」

我把雙手放在她十指緊扣的手背上，包住她光滑細嫩的小拳頭，上下輕輕晃了一下，面帶微笑說：「我才要請你多多關照呢！」

腳踏車隊

라이딩 크루

妹妹用毛巾包著濕漉漉的頭髮，走進房間。姊姊鋪好被子，側躺著一邊滑手機，一邊用腳趾拉開裝了吹風機的抽屜，斜眼說：「這麼晚，大家都睡了，你洗什麼頭啊？」

妹妹坐在化妝檯的鏡子前，毛巾還包在頭上，用手指挖出護膚乳在臉上薄薄地塗了一層，嘴裡不滿地嘟囔。姊姊用腳把裝了掃把和畚箕的塑膠籃拉到妹妹身邊說：「你把地上的頭髮掃乾淨再睡！」

妹妹一聲不吭，打開包在頭上的毛巾披在肩上，取出抽屜裡的吹風機，鬆開綁在把手上的電線，把插頭插進插座，打開電源。吹風機嗡嗡作響，妹妹一邊用暖風吹頭髮，一邊用手指當梳子，甩下頭髮上的水。頭髮吹到半乾時，姊姊的聲音穿過嘈雜的吹風機風聲傳了過來，但聽得不是很清楚，好像是在說：「天啊，你快看他們。」

背對姊姊的妹妹透過鏡子問：「怎麼了？」

姊姊看向窗外，妹妹關掉吹風機的電源，也轉移視線看向窗外。

「哇，天啊！我的天啊！」

「怎麼了？什麼事？」

「你快過來看，那幾個人是不是瘋了？」

額頭擠出皺紋的妹妹走到姊姊身邊坐下，下巴剛好架在窗框上，視線追隨姊姊的手指看了過去。

「看到了嗎？那裡！」

妹妹大吃一驚，張大嘴巴只「呃」了一聲，對於眼前的場景除了感嘆詞，什麼也說不出來。

姊姊再次開口說：「他們是瘋了吧？在那裡幹嘛？」

妹妹附和道：「他們搞什麼？我們是不是該報警啊？」

「好，報警。你把被子上的手機給我。」

就在這時，背後傳來有人靠近的聲響。

「我的天啊，他們在幹嘛？」

外婆單手扶著門框站在門口。

「嚇死我了。外婆，你怎麼還沒睡？」

外婆緩緩走到窗邊，三個人的後腦勺並排在窗框上。

「天啊，我的天啊！這世上真是無奇不有。」

姊姊一邊揮手讓外婆出去，一邊解鎖手機。

「你快回房間啦，我們要報警。」

姊姊的話音還沒落下，外婆就一把搶過她手中的手機。

「幹嘛報警？不要多管閒事。」

「啊？為什麼？」

外婆望著窗外，自言自語地說：「先看看他們到底要幹嘛，我這輩子從沒見過這種事，今天算是開眼界了⋯⋯」

姊妹倆異口同聲喊道：「外婆！」

「先看看，人家肯定有原因。」

「哎，不行啦。」

「那再等一會兒，看一下他們到底要幹嘛。」

姊姊無聲地望著窗外搖了搖頭，再次開口說：「可能是在拍攝什麼吧？或是在做什麼測試？不然怎麼會做這種事？」

妹妹也點頭附和：「這麼荒唐的事，說了都沒人相信。」

髮尖還沒乾的短髮、長髮盤在頭頂的蘋果頭和白色捲髮的頭望著同一個方向。稍後，三人的視線緩緩右移。夜晚碧空如洗，皎潔的月光照射下來。

*

「請讓我們過去！」

我先喊了一句，身後的隊員們跟著再喊一遍：「請讓我們過去！」

我喜歡這樣的瞬間——我說出口的話，稍後會像回音一樣傳回來的瞬間。簡單的一句話像回音一樣傳回來是很普通的現象，但此刻不同，因為我緊握著車把，而且車把帶是新換的，所以心情格外好。

不知不覺，我們騎到陡峭的下坡路，眼前沒有任何障礙物，車輪快速穿過充斥著花香的春日空氣，瞬間，車速再次加快，輕輕踩著踏板的腳無需用力，嗖嗖……嗖嗖……鏈條響亮的轉動聲傳入耳中，視野兩側的粉紅色一閃而過。就在這時，春風吹來，淡粉色的櫻花飄然落下。我的身體穿過花雨與陽光，心也變得輕盈了，剛剛脖頸冒的汗也在瞬間蒸發。接下來是一個大上坡，我調整變速器，再次用力踩下腳踏板。

車隊已經成立三個月了，我是從什麼時候……開始騎車的？退伍後，我因為空虛而買了一輛二手腳踏車，繞全國騎了一圈後，體驗到騎車的樂趣。復學後，準備公務員考試期間就沒再碰過腳踏車了。結束最終筆試到任用前，我在賽馬場打工，負責維持秩序，這份工作非常辛苦，但時薪很高，所以我堅持了一段時間。我用打工賺的錢還清助學貸款，然後用剩下的錢買了一輛朝思暮想的腳踏車，正式進入腳踏車的世界。

少說我也騎了三年的腳踏車，但與最初的期待不同，我沒有加入任何一個車隊。雖然之前加入過幾個車隊，短期參與過活動，但每個車隊都會有一、兩點無法言喻、令我不滿意的地方，我心存不滿地參加兩、三次活動之後，就退出了。這種情況反覆發生幾次後，我便萌生了一個念頭：我可以自己成立一個車隊啊！

我想像中、現實中沒有的「車隊」是這樣的：

不是刻板的車隊。
無需穿緊身的騎行服。
活動地點為麻德洞。
初次接觸腳踏車也沒有關係。
不在乎腳踏車的型號。
男女隊員比例協調。

只要是熱愛騎車的男女老少，無論誰都可以來麻德洞參與活動，無需執著於裝備和紀錄，只要單純地享受騎車就可以了。我想要創辦一個標榜「熱愛騎車」的車隊。

決定自創車隊後，我才發現這件事並沒有那麼難，不禁後悔怎麼沒有早點做這件事。我先在Instagram註冊一個新帳號，再從之前騎車時拍的照片中嚴格篩選出自己覺得最棒的照片修圖，然後每天上傳一張。照片主要是腳踏車和風景，也有簡短的影片，我還選了一、兩張自己稍稍出鏡的照片：穿著新騎行鞋的腳，和看不清臉的、幾乎是後腦勺的側身照等等。我在照片下寫了對於創辦車隊的想法，但沒有直接寫要招募隊員，只寫了自己對於車隊的想法。這樣堅持更新一個月後，我才發佈以下內容：

難道沒有一個可以在家附近活動且不執著於裝備和紀錄，只以單純熱愛騎車和速度感的心在活動的車隊嗎？若我日後創辦這樣的車隊，會有人想要加入嗎？即使不是現在，但總有一天……

#腳踏車隊 #熱愛騎行 #腳踏車 #單車 #自行車 #麻德洞 #麻德洞朋友 #美食餐廳 #風景 #上班族興趣愛好

我很擔心會毫無反應，結果沒想到很多人來點「讚」，還有幾個人留言或傳私訊給我。説實話，直到註冊新帳號，我都不覺得自己有什麼選擇權，但是在看到逐漸有了回應、進而產生「這樣也可以」的想法後，我越來越開心。我查看了幾個對我的貼文心存善意的帳號，仔細研究他們透過Instagram的正方形所傳遞的資訊，以及背後隱藏的資訊。就這樣，我在這些人之中選擇了二女二男。

此時此刻，我正與親自挑選的隊員騎車飛奔在腳踏車專用道上。我領先在前，二女二男跟在後方。目前車隊共五人，我很滿意現在的組員，但還打算再招幾個人。我希望包括我在內，四女四男，最好共八個人，這樣的人數組成車隊剛剛好，人太多的話聚餐很麻煩。距離目標人數，需要再招一男二女。最初挑選隊員的時候，我非常謹慎，新增人員又需要更加慎重。隊員們很滿意現在的組員，大家都很相信我選人的眼光，幾次聚餐上，隊員們聊得十分開心，大家都表示只要是我挑選的人都會歡迎。正因為這樣，我最近很傷腦筋，即使是在騎車時也一直在想這件事。

剛進入市區，突然身後傳來一聲慘叫，好像是安露水的聲音。我立刻確認周圍狀況，把車停靠在安全的地方，迅速朝摔倒在地的安露水和腳踏車跑去。安露水白色短褲下露出的膝蓋上留下了與柏油路摩擦的傷痕和幾滴血。

「安露水，你沒事吧？怎麼摔倒了？」我擔心地問。

安露水一手摘下粉色的安全帽，抬起頭，解開釦環的手上也有擦痕。她眉頭緊鎖，伸手指向人行道的台階說：「被台階絆倒了。唉，好丟臉。」

「真是的！」

「真奇怪，平時這種台階一下就能騎上去，可能是我今天的狀態不好吧。」

安露水歪著頭說完，我立刻回應：「不是，是角度的問題。」

「角度？」

我雙手交叉擺出台階的角度問：「你是這樣騎過去的吧？」

「嗯，是的。」

「這樣一定會擦到車輪的。」

我接著說：「這樣騎上去就算是世界第一的波加薩爾也會摔下

來。」

「啊，原來是這樣。」

安露水這才展開緊鎖的眉頭，露出笑容。

我調整雙手交叉的角度說：「以後要這樣，豎直地騎上去，讓台階和輪子成直角。」

安露水點了點頭，站在一旁聽我們講話的徐秀旻看著我，豎起大拇指，笑嘻嘻地說：「還是我們隊長最聰明。」

我笑著擺了擺手。

「哎，什麼聰不聰明，騎久了自然就會知道。」

徐秀旻瞪圓眼睛，裝模作樣地說：「就是聰明嘛！多虧了經驗豐富的隊長，我們這些新手才能進步得這麼快。」

就在我和徐秀旻講話的時候，炳官哥和金珉佑走到安露水身邊輪流問道：「你沒事吧？」

「還能騎嗎？」

安露水一邊用手拂去膝蓋上的土，一邊說：「當然，我沒事。」

我取出事先準備好的ＯＫ繃。

「我幫你貼一張吧，這款ＯＫ繃有含抗生素。」

安露水用感動的眼神看著我，眉毛都變成了八字。

「天啊，隊長連這個都準備了！」

我單膝跪地，小心翼翼地把ＯＫ繃貼到安露水的傷口上，然後輕輕按了下ＯＫ繃的兩邊，讓它固定在她的膝蓋上。我的手碰觸到安露水圓圓、嫩滑的膝蓋。貼好ＯＫ繃後，我自然地把手伸向安露水。安露水一手握住徐秀旻的手，一手握住我的手站起來。她細長的五根手指，肌膚近似透明的白。

「對不起，都怪我拖延了大家的時間，我們趕快出發吧。」

剛剛還愁眉苦臉的安露水眨眼間便恢復了生氣，我很喜歡安露水這種彷彿雨過天晴後陽光般的性格，她就是一個積極樂觀、散發光芒的人，只要看到她，我就莫名開心。我們穿過麻德洞，騎到漢江邊。昨天下了一場春雨，現在萬里無雲，陽光灑落在平靜的江面上，反射耀眼的光芒。我稍稍半閉一隻眼睛，回頭看向身後時，與安露水的目光相對。安露水看著我露出甜美的笑容，雙手緊握車把，頭戴粉色的安全帽，帶有潤澤感的棕色長髮隨風飄揚。啊，這幅畫面太美好了……這就是我此生夢想的笑容！但與此同時，這種笑容也讓我內心充滿矛盾……在迷人的風景與安露水爽朗的笑容之間，我思索起關於選擇新隊員的條件。我希望能與安露水順利地發展下去，同時也不想放棄或許還可以招到比她更好的新隊員的想法。這兩種想法在我的內心衝撞。假如新的男隊員加入我們又會怎樣呢？安露水似乎也對我有好感，但我們才剛剛私下傳訊沒多久，我希望好好地管理車隊，同時也與安露水自然地發展下去。我看得出來，徐秀旻喜歡金珉佑，但不知道金珉佑是怎麼想的，還有炳官哥……真是不好意思，我無暇思考他的事。總之，現在隊員之間的關係和互動都很好，我可不想隨便讓新人加入破壞這種氣氛。說實話，我很後悔告訴大家打算組成八人車隊的想法，每次聚餐時，大家都會追問何時要增員。大家期盼已久的櫻花季馬上就要到了，我內心深處還在為招募新隊員的事苦惱不已。

回到家，我馬上開始修圖。今日的主題為櫻花騎行，所以必須凸顯櫻花的顏色，天空要更藍，花要更粉嫩。因為剛下過雨，開滿櫻花的樹枝已經長出綠芽，修圖遇到了一些困難。整體顏色調整過後，我又幫女隊員們修了一些細節，把腿稍稍拉長一些，抹去因疏忽大意沒有整理好的頭髮和贅肉。我把精力都放在修安露水的照片上，畢竟比起幫不好看的女生修得好看一些，幫漂亮的女生修得更美才更讓人覺得滿足。我選出安露水的獨照打算傳給她時，有人傳來私訊的提示出現在手機畫面上，帳號名為「軒軒樹」，莫名的好感促使我立刻點開私訊。

請問車隊還招新人嗎？我也住在麻德洞，已經騎了一個月的車，但還是一隻小菜鳥。

緊隨其後，軒軒樹又傳了一個黃色笑臉的貼圖。回訊前，我先點擊頭像，進入帳號查看了一遍軒軒樹的照片。照片不多，但其中一張背影吸引了我的視線。那是一張望著江水，坐在岸邊的上半身照片，身旁停著一輛黑紅相間的腳踏車，我猜那輛車應該是「美利達斯特拉400」，照片中的人的腰很細，綁著的長髮幾乎垂到了臀部。

啊，哪有人不喜歡長髮！

也許有人會說我陳腐，但嗜好這種東西我也沒辦法，我從小就覺得長髮的女生魅力十足。雖然軒軒樹的幾張照片都是背影，但我已經被那頭秀髮和婀娜的身材吸引了。我沒有多想，馬上回覆說：

車隊還在招人。不好意思請問一下，您多大了？

二十八歲。

小我四歲，比安露水還小兩歲。

我們車隊每個月隔週週六活動，您的時間可以嗎？

當然可以！

雖然沒聊幾句，但很明顯有什麼觸動了我的心。有別於以往，我下意識地又問了幾個問題，我們自然地一問一答，就在我輸入文字的時候，軒軒樹沒等我寫完就不停地在輸入，對話框中的三個小點可愛地動來動去，我彷彿看到了正在敲打鍵盤的軒軒樹。看著對話框動來動去，我莫名心跳加速。留著長髮的軒軒樹說自己最近才迷上騎腳踏車，一個人騎了一個月左右，現在想加入車隊和大家一起騎。性格外向的軒軒樹還說：

我搜尋了很久，感覺沒有比這裡更適合我這種小菜鳥的車隊了！

軒軒樹講話還真可愛，這樣講話的女生通常人也很可愛。我想像著軒軒樹的長相，又仔細看了一遍照片，雖然照片都是從遠處拍的，但感覺是有在運動的身材，不僅腰細，個頭似乎也很高。安露水雖然長得漂亮，但太矮了，身材看上去不錯，但說實話，還不夠完美。聊了半天後，我自然地說：

感覺您的個子很高。

我不算矮，但也沒有很高啦，嘿嘿。

從聊天的氣氛來看，似乎可以詢問一些私人問題了。

喔，對了，可以請問一下您從事什麼工作嗎？

對話框動來動去的期間，很多適合漂亮女生的職業從我的腦海一閃而過。

我是木匠！因為我很喜歡木頭。

木匠？意想不到的答案令我大吃一驚，但也增加了軒軒樹的魅力。老實講，聽到木匠這種職業時，我稍稍興奮了一下。我趕快輸入文字，表達讚嘆。

哇，所以帳號名是軒軒樹，太教人意外了，沒想到窈窕淑女竟然喜歡這麼有魄力的職業，簡直讓人難以置信。老實講，很少有女生喜歡騎腳踏車。

訊息送出後，我開始後悔起這樣講會不會太囉嗦。就在我略感後悔的剎那，接下來軒軒樹的回訊再次讓我大吃一驚。

呃，我是男生！

不會吧！

不可能，這一定不是真的！

嗯？什麼意思……您在開玩笑吧？

啊，真的啦！您不會因為我是男生就不讓我加入吧？哭哭！

哭哭？

哭個屁！

我下意識地閉上雙眼，這是怎麼回事？這是真的嗎？好像是真的。我慢慢睜開眼睛，希望時間倒回，但這顯然是不可能的事。我又看了一遍軒軒樹的照片，然後選了一張背影照，用拇指和食指放大後仔細看了半天，這次我才發現之前沒有注意到的細節。她，不，是他，他的腰並不細，而是肩膀太寬了。肯定是這傢伙的長髮蒙蔽了我的雙眼。怎麼辦？事已至此，我該如何是好？軒軒樹可能看出了我的想法，對話框又開始動起來，此時動來動去的對話框在我眼裡就像毛毛蟲一樣令人不悅。

雖然我還騎得不好，但我會按時參加活動的！

大男生講話怎麼這麼囉嗦！不，這死小子幹嘛留那麼長的頭髮？

細想下來，長髮才更奇怪吧！

軒軒樹又接連傳了幾則訊息：

您為什麼不回訊……？

啊，拜託拜託拜託！拜託讓我加入你們吧！

這人是怎麼回事？簡直是個瘋子！

我不敢相信這是真的，又重讀一遍之前的對話。的確，他從未說過自己是女生，我必須承認是那頭長髮讓我失去了判斷能力，剛才的興奮立刻消失。現在……我該怎麼辦？帶著好感聊了這麼久，結果對方竟然是男生，我感到十分羞恥，而且我連下次活動的地點都告訴他了。沒辦法，既然決定增員，只好先選男隊員了。

那麼請參加下次的活動吧。

哇，大感謝！

我和軒軒樹交換了電話號碼，並邀請他加入車隊的聊天群組。

喔，對了，請問您貴姓？

我叫崔道軒。

可惡，所以暱稱「軒軒」？我後悔莫及……怎麼不先問他叫什麼名字呢？本來我們車隊就男多女少，現在又加入一個男隊員，可想而知女隊員們的反應。我趕快讓自己打消負面的想法，女生不可能喜歡這種男生，首先他的職業就不怎樣，而且講話囉哩囉嗦，還留那麼長的頭髮，哪有女生會喜歡這種男生！

活動當天，當我前往指定地點GS25麻德渡口對面的松樹下時，直覺告訴我，一定是哪裡出了錯。我從遠處看到幾個人影，但無法理解眼前的狀況，不停地眨眼。我推著腳踏車一步步往前走……越是逼近樹下三三兩兩的人群……越是清楚地看到他們……越是感到痛苦，難以邁動腳步……到底是哪裡出了問題？要回到哪個時間點才能挽回這一切？到底……為什麼……到底……為什麼……

為什麼他會長得那麼帥？

太絕望了。即使我不想承認，但看到崔道軒那張臉時還是忍不住心想，長那麼帥幹嘛做木匠，怎麼不去當模特兒？弧形的濃眉，高凸的眉骨與鼻樑實在教人懷疑裡面墊了什麼。雖然眼睛是一單一雙，但笑容魅力十足。想到我被他騙了，就一股莫名的怒火湧上心頭，氣得我人中和嘴角都歪了。我當下的心情就像看著長期精心打造的城堡被凶惡粗暴之人毀於一旦。我比預定的時間提早五分鐘抵達，看到除了我以外，所有人都提早到達更是無言。平時，男隊員來得很早，但女隊員總是、經常、沒有一次不遲到十分鐘以上。然而總是遲到的她們得知有新人加入後，竟然提早到達？

即使我靠近他們，他們也只顧著跟崔道軒聊天，根本沒人注意到我。炳官哥和金珉佑目瞪口呆地盯著崔道軒的那張臉……徐秀旻和安露水就更不用說了，彷彿從她們眼中發射出的雷射緊緊黏在了崔道軒光滑油膩的雙頰上。我很生氣，但也只能維持平常心。我做了一個深呼吸，努力揚起嘴角朝松樹走去。可惡，他怎麼連個子也那麼高！

「大家今天來得真早啊！」

隊員們這才看到我，趕忙打了招呼：

「哎唷，隊長來了！」

「看到道軒來了，我們就先聊幾句。」

大家跟我客套地打完招呼後，立刻把頭轉向崔道軒又接連不斷地問他問題。安露水的聲音灌入我耳中：

「哇，那你是CEO囉？」

什麼，CEO？不可能，他明明說自己是木匠啊！

「CEO也太誇張了，真教人難為情。」

崔道軒微微一笑，害羞地把頭稍稍傾向右側。他雙手伸到腦後和後頸摸了摸綁住的長髮，把長髮分為兩縷，隨即又輕輕地散到肩膀上。

徐秀旻大驚小怪地說：「換句話說，你就是設計傢俱公司的老闆，那當然是ＣＥＯ了！這有什麼好難為情的？」

「哇喔！」

「真了不起！」

不懂察言觀色的炳官哥拿起手機搜尋，然後把手機放到崔道軒面前問：「這是贊助ＳＢＳ水木電視劇的新聞。這是你的公司，對吧？」

「嗯，沒錯。機會難得，我們也是運氣好才有機會贊助電視劇。」

安露水瞪大雙眼，把臉湊向炳官哥的手機。

「咦？我正在追這部耶！」

不知為何安露水要把手指放到下嘴唇上，說：

「天啊，那女主角工房的傢俱都是你親手做的囉？」

「嗯，都是我們公司的傢俱。」

徐秀旻插嘴道：「我的天啊，我也在看這齣劇耶！上禮拜男女主角接吻的長椅也是你們公司的？」

「是的。」

安露水和徐秀旻莫名其妙地把手掌放上雙頰，爭先恐後地大喊：「天啊，你好了不起喔！怎麼辦！」

什麼怎麼辦？又不是要跟他接吻！真是莫名其妙！

「不知道是不是電視劇的效應，最近很多人來詢問我們公司的傢俱，我也跟著忙得不可開交，所以忙裡偷閒出來騎車吹吹風，算是休息。」

崔道軒摘下黑色髮圈咬在嘴裡，左右晃了晃頭，似海帶般柔滑的長髮滑落在肩膀上。稍後，崔道軒用手攏起長髮，像捲麻花卷似地編起辮子。崔道軒一手抓著頭髮，嘴裡咬著髮圈忽然看向我說：「隊長，我超期待今天的活動。」

原本最期待的人是我，這是理所當然的，因為是我創辦的車隊。但看到崔道軒這個不速之客充滿期待的表情，我的期待值迅速下降。崔道軒講話的語氣和傳訊時截然不同，有別於透過文字想像的聲音，他實際講話的聲音十分沉穩。上當受騙的感覺讓我五臟六腑都要扭曲了，但當下也只能故作淡定。當然，女生是不會喜歡這種長髮男的，就算他長得再帥、事業再有成，女生也不會喜歡這種不男不女的人。

下次活動訂在兩週後，地點還是GS25麻德渡口店對面的松樹下。第二次活動依然讓我啞然失色，因為長髮男崔道軒沒有出現，取而代之的是短髮男崔道軒。崔道軒剪了頭髮，C形瀏海齊到眉間。這次也沒等我趕到，大家就聚在一起聊天。我靠近大家，乾咳了一聲，大家這才把視線轉向我。

「咦，隊長什麼時候到的啊？」

我沒跟大家打招呼，下意識地問了句：「你……剪頭髮了？」

徐秀旻和安露水異口同聲地問我覺不覺得崔道軒像是變了一個人，還大驚小怪地說她們剛才都沒認出是他。兩個女生興奮不已的樣子實在讓人看不下去，我壓抑內心委屈，問：「留了那麼久的頭髮怎麼突然剪了？」

崔道軒給出意想不到的回答：「啊，我捐給兒童癌症患者了。」

崔道軒說，他從幾年前開始捐贈頭髮，留長頭髮再剪短很多次，這次也是留到一定長度後就剪了。除了我以外，其他隊員都吹捧他做了善事。崔道軒面露特有的微笑，眼睛笑成了彎月。他抓了抓後腦勺，害羞地笑著。安露水曖昧地把手指放到嘴邊，仰望崔道軒問：「那你的頭髮是燙的嗎？」

「不是，我本來瀏海就有點自然捲，而且燙頭髮的話就不能捐了。」

「天啊，原來如此。你的頭髮真像燙的，那麼捲，所以我才好奇一問。」

崔道軒接下來的話讓我大吃一驚，懷疑起自己的耳朵。

「你要不要摸摸看？」

崔道軒彎下腰把頭靠近安露水，安露水把一直放在嘴邊的手指伸向崔道軒的瀏海輕輕摸了摸，身子還莫名其妙地扭動了一下。

「哇，好神奇，髮質也那麼好！」

同樣扭了下身子的徐秀旻也莫名其妙地插嘴說：「你剪短頭髮後感覺更高了，可以問一下你的身高嗎？」

「一八一・七公分。」

「天啊，真的喔？我怎麼覺得更高呢？我還以為你有一八五以上呢！」

「哎唷！我哪有那麼高。」

徐秀旻今天格外吵。

「那是因為你腿長，所以看起來更高，可以請問一下你的跨高嗎？」

「買腳踏車的時候測過一次，差一點點九十。」

「哇，竟然快到九十了！真了不起，簡直就是模特兒身材！」

我為什麼要知道崔道軒的身高？真是越想越氣！說實話，我才不相信他身高有一百八十一、跨高九十呢，真不知道為什麼要在這裡聽一個男生褲襠的事，我好想快點出發，但金珉佑這傢伙怎麼還不來……就在這時，我看向蘋果手錶確認時間的時候，不經意地看到了崔道軒的手指，薄薄的Nike防風衣袖口只露出了兩節手指。我的嘴角上揚，崔道軒這傢伙雖然腿長，但手臂也太短了吧？真是夠短的，就跟臘腸犬一樣！我遲疑了一下，沒有多想，攻擊他道：

「話說回來，跟身高相比，你的手臂很短嘛。」

說完，我從容地笑了笑。因為我的一句話，大家的視線都轉向了崔道軒的手臂，隨即停在從袖口露出的手指上。

「嗯，我隨父親，手臂很短。」

崔道軒微微一笑道。沒想到他竟然搬出素未謀面的父親大人……我覺得自己突然變成了壞人，就在我略感後悔的時候，崔道軒用露在袖口外的兩節手指抓住袖口，握緊拳頭放在臉頰一側，眼睛笑成彎月，突然「汪！」了一聲。

搞什麼？包括我在內的男隊員全都愣住了，唯獨女隊員笑得上氣不接下氣。瞬間，我聽到了從安露水口中竄出的感嘆詞，彷彿某種不可抗拒的力量促使她說出那三個字。

「好可愛……」

安露水自己也嚇了一跳，趕緊用雙手摀住嘴巴，假裝什麼也沒說。雖然她的聲音微弱，但我聽得一清二楚。安露水在刻意克制自己的情況下說出了那三個字——「好可愛」。「汪！」很可愛？為什麼？我的五臟六腑在翻滾。

徐秀旻插嘴說：「真是的，你越看越像大狗狗！」

聽到徐秀旻這麼說，安露水竟然拍手附和道：「沒錯、沒錯，就是大狗狗！」

「你們看他多像薩摩耶犬啊！」

「才沒有，我看更像……」

胡言亂語！開什麼玩笑！哪裡像了……？真不懂這些女生為什麼覺得這種男生可愛！

也許是出發前的心情很糟糕，又或者是那天的體力綽綽有餘，不然就是兩者皆是。總之，那天我比平時騎得更快，金珉佑和徐秀旻在我身後大喊：

「隊長，你今天怎麼騎得那麼快啊？」

「大力士！真是大力士！」

我回頭一看，果真距離拉得很遠，但是……一、二、三，嗯？

其他兩個人呢？安露水和崔道軒怎麼不見了？

我大喊道：「安露水和崔道軒呢？」

「不知道，半天沒看到他們了。」

我實在不放心放任他們不管，於是叫大家下車休息。剛好前面就是一片空地，路邊還有長椅和健身器材。大家把車停在路邊，過了很久才看到安露水和崔道軒的身影，他們推著腳踏車朝我們走來，兩個人的膝蓋上都貼著卡通圖案的ＯＫ繃。

徐秀旻喊道：「天啊，你們怎麼了？」

「路上有個小水坑，他沒看到就摔倒了，誰知道我跟在他後面也摔倒了。」

「不是，那ＯＫ繃……」

我問安露水，但崔道軒回答說：「幸好露水姊帶了ＯＫ繃，圖案也太可愛了，好害羞。」

說完兩個人交換眼神，嘻嘻笑了起來。不祥的預感油然而生，最讓我在意的是活動後，我與安露水私下傳訊時，她的回覆越來越短，而且回訊的時間也拉得越來越長。上次櫻花騎行後，我把用心幫她修的照片傳給她，她二話不說馬上換成Instagram的頭像，但是過了十二個小時才回訊說一聲謝謝。

沒有閒暇的時間了，不能再等下去，我必須一決勝負。

「我們也是時候騎出麻德洞了吧？下次去ＩＵ路段吧。」

金珉佑和徐秀旻同時問：「ＩＵ路段？這麼快？」

所謂的ＩＵ路段是指腳踏車隊最喜歡挑戰、位於九里岩寺大橋南端的特定區域，這段兩公里多的區域好似ＩＵ專屬的「三段高音」，陸續會遇到三段非常難騎的上坡路，因此得名「ＩＵ路段」。第一、二段上坡勉強騎上去後，會心想「哪有那麼誇張？我的實力還不錯嘛！」，但馬上就會遇到最困難的第三段上坡，因此新手很難騎完。以我們車隊的情況來看，我預測除了我以外，其他人都會在第三段上坡放棄，但既然選擇騎腳踏車了，就必須經歷這些。

安露水擔心地問：「我可以嗎？」

「當然可以。等騎到那裡，就不會覺得難了。實在騎不動的話，我可以在後面推你，就當是經驗。」

崔道軒用幹勁十足的聲音附和：「我願意一試。久聞ＩＵ路段大名，終於有機會挑戰了。」

就憑你，還想騎上去？我們走著瞧！我已經挑戰過三、四次，但還是打算集體出發前再去練習一次。

大家期盼的ＩＵ路段挑戰日當天，我穿了吊帶短車褲。雖然這段路線對我並不難，但從麻德洞出發騎過去很遠，長時間騎行屁股會很痛。上衣我搭了一件新買的卡其色短袖Ｔ恤，Ｔ恤的尺碼寬鬆，剛好可以遮住緊身褲凸顯的重要部位。新Ｔ恤裡的Ｖ型短車褲緊緊貼在身上，莫名地讓人心曠神怡。車隊沒有穿著要求，但我很好奇安露水會穿什麼。雖然不要求穿騎行衣，但像今天這種日子，我還是很期待看到安露水穿緊身的騎行衣。我懷抱著複雜且激動的心情出發，輕鬆地踩著腳踏板，就連掠過臉龐的空氣都讓人覺得舒服極了。當然……直到抵達指定地點九里岩寺大橋前是這樣的。

指定地點位於進入ＩＵ路段前的藤樹下。抵達後，我才發現身穿緊身騎行衣的人不是安露水，而是崔道軒。緊身的短袖袖口露出手臂，肌膚明顯比上週更黝黑了。某種連我自己也無法說明的陌生情緒再次沸騰，但我也知道只要一杯冷水就可以澆滅這種情緒。

我自潑冷水般找回理性問：「哇，全副武裝！你這身騎行衣可不便宜！」

「是啊，因為要挑戰ＩＵ路段，所以新買了一套。」

「有必要嗎？」

「我就是想體驗一下。」崔道軒補充道：「隊長，你不也穿騎行褲了？」

「啊，是，為了保護臀部。」

站在一旁聆聽我們對話的安露水呵呵笑了。

「天啊，還要保護臀部？我只穿了普通的短褲，痛的話怎麼辦？隊長，你怎麼不提早告訴我們？」

「不至於會痛啦，我是因為臀部肉少，所以才穿……」

還沒等我說完，崔道軒就插嘴說：「哎唷！男人的臀部可重要了！」

他想怎樣？突如其來的攻擊令我目瞪口呆。除了我，所有人都笑了，安露水的笑聲最大，我的心情糟透了。

身穿緊身騎行衣的崔道軒拍了一下自己的屁股，詼諧地說：「我可是天生的鴨子翹臀，我對臀部很有自信。」

崔道軒開啟這種話題，徐秀旻便越了底線：「說實話，你的臀部的確很翹。這樣講或許很失禮，但既然都聊到了，我也忍不住想說，你穿上緊身衣後肩膀顯得更寬了……手臂的肌肉真的是……哇……好壯喔，你是不是還有做其他運動啊？」

「我小時候學過幾天拳擊。」

崔道軒突然打起空拳，嘴裡還發出令人心煩的聲音。

「像這樣，嗖、嗖躲閃，抓住時機再給出致命的一擊，啪！」

一直看著安露水講話的崔道軒在最後忽然視線一轉，瞪著我說：

「因為我手臂短，所以主要練習防守。」

這麼無聊的話也能把大家逗笑。安露水笑得都能看到臼齒了，真不明白她在笑什麼，我還是第一次看到安露水開懷大笑。

崔道軒接著說：「哈哈，一半是開玩笑的，其實還有另外一個原因……」

說到這裡，崔道軒的表情突然嚴肅起來。

「總之……學沒多久就放棄了。」

瞬間，崔道軒臉上的陰影消失，就跟變臉一樣快。是我看錯了嗎？不可能，明明剛才他油膩的臉上閃現了一道陰影。也許只有我捕捉到那一瞬間吧，安露水毫無察覺，依然笑嘻嘻地仰望著崔道軒。

「原來你打過拳擊，難怪手臂的肌肉這麼結實！」

崔道軒微微一笑。

「那你摸一下……」

不、不行！擺脫這種危急狀況的唯一方法就只有趕快出發。就在這時，我看到從遠處趕來的炳官哥。謝天謝地！我大喊道：「好了！好了！炳官哥也到了，大家趕快準備一下出發吧。哥，炳官哥！這裡！哎，快點啦！快點過來！」

藤樹下，六名隊員終於到齊。

出發前，身為隊長兼有經驗的我向大家傳授一些經驗。

「出發後必須最大限度地提高踏頻，降低變速，快速踩腳踏板。但不要一開始就抽車，不然大腿肌肉會痛，特別是新手一定要注意。此外還有非常重要的一點，下坡時一定要小心減速帶。上坡結束，下坡掉以輕心的話，很容易摔車，那可是會出大事的。下坡時更要謹慎小心，必須減緩速度。」

「是！」

「不愧是隊長！」

徐秀旻豎起大拇指說。安露水也可愛地一邊擠眉弄眼，一邊做出OK的手勢。我用謙虛的微笑回應，開心地坐上車座，一邊踩下腳踏板，一邊在心裡嘀咕：

里程數才能證明騎車的實力，個頭再高、肌肉再大、腿再長、車型和穿搭再好也沒用，哪能比得過我三年多累積的實力啊。我對自己的大腿肌肉信心十足，你小子也體驗一下三段高音的厲害吧！

我不停地踩著腳踏板，快速騎上ＩＵ路段的第一個上坡。

我最後一次挑戰ＩＵ路段是什麼時候？

細想一下，已經是一年前的事了。也許因為這樣，出發沒多久我就覺得力不從心。沒想到才第二個上坡，我就累得氣喘吁吁了。我擔心會這樣，所以打算先練習一次，但誰知道每天加班根本沒時間練習。沒關係，至少現在我是領先的，想到這裡，我安心地回頭一看……結果被出乎意料的場面嚇了一跳。說實話，我早就預想到上了年紀的炳官哥會被甩在後面，至於體重略重，但很年輕且騎行經驗豐富的金珉佑會緊跟在我後面，然後才是崔道軒。但沒想到的是，緊跟在我後面的人竟然是崔道軒，金珉佑和炳官哥都被遠遠地甩在了後面。金珉佑怎麼騎得這麼慢？不，崔道軒怎麼會騎得這麼快？難道他說是新手也是在騙我？為什麼我騎得這麼累呢？上坡時遇到了逆風，崔道軒這傢伙就像是吸血的蚊子一樣，緊跟在我身後避開風的阻力。

果然，在第三個上坡時，崔道軒迅速超越了我。他一直躲在我身後吸乾我的血，最後給我致命的一擊？這不公平！很顯然，領先的人是崔道軒，我只能看著他可惡的背影。他的屁股沒有離開車座，也沒有抽車或變速，他以一定的速度領先我，正游刃有餘地騎上坡路。他的大腿沒有在用力，到底是哪裡來的力量呢？我回頭一看，女隊員早已不見人影，炳官哥和金珉佑也距離我們很遠。我感到體力耗盡，可崔道軒一直衝在前頭。不行，這樣下去不行，我必須阻止崔道軒第一個抵達終點。我無法解釋為什麼，但這件事關係到我的自尊心，看來是時候使用祕密武器了。

事實上，從ＩＵ路段開始的藤樹下，我手裡就一直握著這個祕密武器。

我撿到一個很扁、看似帶有木紋的木塊，但其實它是一塊堅硬的小石頭。我把小石頭握在手中，一個念頭突然從腦海一閃而過：也許在必要的時刻它會派上用場。我把小石頭握在車把與手心之間，它很扁，所以很好隱藏。我的手心一直感受到它堅硬的觸感，我抬起屁股，像走路一樣使出渾身力氣踩下踏板，就在我逐漸縮短與崔道軒的間距時，我把小石頭扔向他的後車輪。噠噠噠，沒想到聲音比想像中還要大。

「呃、呃、呃！」

崔道軒和腳踏車同時發出聲響。但……這到底……是什麼狀況？

我想像中的畫面是，崔道軒和紅色腳踏車一起倒往右手邊，但誰知道他腳踏車的後車輪依然均速地旋轉著。

「怎、怎麼回事？」

崔道軒手扶腰背，一臉痛苦地看向我，然後把視線轉移到我正注視著的後車輪。我與他的視線停留在發出細長的震動音、依然均速旋轉的後車輪上。

臭小子，你可被我逮到了，你這個混蛋！

「現在是什麼情況？你竟然在腳踏車上安裝馬達？」

「怎麼了嗎？」

他這種厚顏無恥的態度令我無言。

「你怎麼能這麼理直氣壯？」

「不能安裝馬達嗎？」

「你竟然欺騙我們！」

「我欺騙你們什麼了？」

「難道你不知道腳踏車的意義嗎？」

我握緊拳頭，一邊用力捶打自己的大腿，一邊喊道：「騎車靠的是雙腿，不是馬達！」

「這也是腳踏車啊，你可以確認一下最初我們的私訊內容，你沒說不能安裝馬達啊！你不是說只要輕鬆、享受騎車就可以了嗎？所以我才選擇加入你的車隊啊！」

崔道軒長嘆一口氣，接著說：「隊長，我的右腳踝天生就有問題，小時候又受過傷，根本不能騎腳踏車。如果是平地還能騎，但騎一般的腳踏車根本上不了坡路。如果不是運動場跑道，大馬路幾乎都有上下坡，不安裝馬達，我就沒法騎上路。我的意思是，如果不是裝有馬達的腳踏車，我根本就不能騎。」

根本不能騎？開什麼玩笑！

我馬上反駁：「那最初就不要騎腳踏車嘛，選擇其他不使用腳踝的運動就好啦！」

崔道軒也不服輸地說：「我憑什麼不能騎腳踏車？那樣天生腳踝有問題的人都沒有騎車的權利了嗎？」

「我們都是用自己的雙腿拚命地、努力地騎上來，你卻靠馬達輕輕鬆鬆騎上來！這不公平，我無法忍受這種不公平！」

「公平？我們現在是在比賽嗎？奧運會？還是環法自由車賽？我們有說要拚第一名嗎？我可沒聽說！」

遠處可見推著腳踏車氣喘吁吁跟上來的徐秀旻和安露水。我朝安露水粉色的安全帽望了一眼，然後收回視線，做了一個深呼吸說：「我覺得我們是在比賽。」

我的話音剛落，崔道軒的視線就轉向了安露水，隨即發出不知帶有何種意義的笑。崔道軒瞬間收起笑臉，眼球順時針一轉，瞪著我說：「哈，真有意思，這也太教人無言了吧。」

安露水和徐秀旻漸漸靠近我們，崔道軒看了一眼安露水，像是把很多話嚥下去似地壓低嗓音，看著我說：「那個……隊長，我們……根本不用爭論什麼馬達的問題……你知道嗎？你根本就不是我的對手，你明白嗎？」

「你這話是什麼意思？」

崔道軒從頭到腳打量了我一番，翻了一個大白眼說：「要我說實話嗎？你選了兩個不如你、長得既醜又掉光頭髮的男隊員，好讓自己在漂亮的女隊員之間得寵。誰知道我突然出現，安露水和徐秀旻都來親近我，所以你心裡不是滋味，不是嗎？」

站在一旁看好戲的炳官哥和金珉佑莫名遭受攻擊後瞪大雙眼，往前邁了一步。

「什麼？這小子胡說八道什麼呢……」

我張開雙臂攔下他們。

「你們先冷靜一下！」

我再次向崔道軒發動攻勢：「那你呢？靠馬達騎上來，是想在女生面前裝得很會騎吧！」

「我可沒在裝。你沒理解我的意思吧？那我就再解釋一遍。我不能騎沒有馬達的腳踏車，沒有馬達，我根本騎不上這種坡路，聽懂了嗎？」

崔道軒用食指點了點自己的太陽穴，嗓音越飆越高。

「聽懂了吧？這種情況談什麼公平？沒有馬達就公平了？有就不公平了？」

「喂！你少在那裡強詞奪理！」

「我哪有！那你呢？你騎那麼貴的腳踏車，使用變速器就公平了嗎？按照你說的，你的腳踏車安裝變速器也不公平啊！」

「真是的，矛頭怎麼轉到變速器上了？」

「直到二十世紀初，腳踏車都沒有安裝變速器，你知道的吧？腳踏車的歷史悠久，你看一八一三年德國森林學家卡爾．德萊斯發明的腳踏車也沒有變速器啊。」

「嗯？什麼？」

「你不會不知道即使有了變速器之後，環法發起人亨利・德斯格朗吉也覺得這是弱者才使用的東西，禁止在比賽中使用吧？安裝變速器的腳踏車不得參賽，中途發現就會取消資格。不藉助變速器，人類的肌肉只能騎三千三百八十公里，所以最後只有一個人騎到終點，榮獲了經歷痛苦後的環法冠軍寶座。直到一九三七年，環法車賽才允許使用變速器，但發起人還是認為只有四十五歲以上的脆弱老人才會使用。這麼看來，你也不是靠雙腿，而是靠變速器騎上來的。」

「變速器跟馬達是同一回事嗎？」

「有什麼不一樣？」

「你現在是藉助馬達……」

「怎麼了嗎？變速器也是科技的產物啊！看看你那昂貴的腳踏車，都是碳纖維材質，車輪也用到科技不是嗎？你腳踩的輕便踏板又如何呢？腳踏板和騎行鞋都黏在一起了！其他人踩踏板用的力和你用的力一樣嗎？這就公平了嗎？」

可以肯定的是，崔道軒在強詞奪理，但我想不出反駁他的話。就在這時，抱胸站在我身後看熱鬧的炳官哥用食指討人厭地點了點我的肩膀。我回頭看他，炳官哥小心翼翼地做出有話要說的手勢說：

「我有事要問你……」

我退後一步，把耳朵湊近炳官哥的嘴巴。炳官哥用非常微弱的聲音說：「你……剛才是不是往崔道軒的後車輪丟石頭了？」

「媽的！炳官哥！」

一股火從我的內心深處湧出，炳官哥用驚慌失措的眼神看著我。

「你說什麼？嗯？」

「不是，我隱約看到……所以問問，也許是我看錯了……」

女隊員們站在稍遠的地方竊竊私語，為了迴避尷尬的狀況而說：

「天色晚了，對不起，我們先回去了。」

安露水和徐秀旻邊說邊並肩推著腳踏車離開了。

「我明早還有事……我也先回去了。」

炳官哥也走了。

現在只剩下金珉佑、我和崔道軒了。

崔道軒忽然宣示似地說：「我，上週末和露水姊去三清洞了。」

我的心咯噔一下。

「什麼？你們在交往？」

「沒有，我可不是那種輕舉妄動、隨便跟人告白的人，我在努力一點一點獲得露水姊的芳心。」

這點倒是跟我很像。但他們去三清洞做什麼？光是想像就讓人血液倒流，我下意識地說：「唉，真是……搞不懂她到底喜歡你這種既卑鄙無恥又沒有公平競爭意識的傢伙什麼……」

「你說什麼？喂，隊長，那我們就在平地公平地比一次，怎麼樣？」

「好啊，但難不成你要騎那輛有馬達的腳踏車？」

「怎麼可能？為了公平起見，我們都騎公共腳踏車！」

「好，一言為定。地點就在麻德洞，從麻德洞渡口到消防局，怎麼樣？那段路可是平地，騎到消防局，再返回麻德洞渡口！」

崔道軒點了點頭。

「好啊，那金珉佑當裁判。」

「我嗎？」

「嗯！」

金珉佑的瞳孔在晃動，但很快就答應了。為了公平比賽，總要有一個人當裁判。我轉念一想，還有一件必須考慮的事。

我嚴肅地說：「但每輛公共腳踏車都不同……」

崔道軒表情扭曲地打斷我說：「那就隨機選？」

我看了一眼金珉佑，金珉佑也不約而同地看向我，他的眼睛瞇成一條縫，默默地點了點頭，意思是要我同意。

初夏夜晚的空氣裡瀰漫著青草與露水的味道。

為了公平，我們來到麻德洞渡口，隨機選了兩輛腳踏車。因為不能穿騎行鞋，我與金珉佑換了鞋子。

我先挑釁地說：「喂，公平起見，你把騎行衣脫了吧。」

崔道軒猛地抬起頭。

「嗯？」

我用極度譏諷的語氣補充道：「你穿成那樣，不會不知道騎行衣可以減少空氣阻力、提速吧？」

「好，為了公平，我們就都赤裸上身好了。」

「嗯？喂，這……」

還沒等我說完，崔道軒拉下拉鍊的聲音便強行灌入我的耳中。

「請脫吧。」

我一時不知所措，但畢竟是我先開口的。灰色T恤佈滿汗跡的金珉佑和拉開拉鍊的崔道軒用令人厭惡的眼神瞪著我。為什麼會這樣？他們的眼神……不像人類，更像是夜路突然亮起的兩道耀眼的車燈……那令人毛骨悚然的眼神彷彿已經把我的卡其色T恤撕扯下來。

朦朧的路燈零星地點亮著黑夜。

算了，不管了！我交叉雙臂，揪住T恤衣角往上一拉，卡其色掠過我的視野……眼前……我看到了崔道軒結實的胸肌，還有凸起的棕色乳頭。今天怎麼會變成這樣？難道是被惡鬼附身了？不然就是一場惡夢？我為什麼會看到男人的乳頭？到底為什麼？

崔道軒追問道：「隊長，你那騎行褲也不公平吧？」

「什麼？」

「我穿的可是普通的騎行褲，但你的短褲裡面有緩衝護墊！而且還是吊帶短褲，吊帶不是有利於前傾上身嗎？為了公平，我們都脫掉好了。」

「嗯……？」

「為了公平，讓所有條件歸零！」

太奇怪了。似乎就是從那時開始，崔道軒的所有行動都像慢動作似地在我眼前展開。他抓著腰帶，然後慢慢解開……一條腿……又一條腿……最終……脫下褲子……畫面真的很詭異了，眼前的狀況令人無言到毫無現實感，彷彿有人把針頭插進我的血管，緩緩注入了麻醉劑。我的後頸發燙，視野變得朦朧，神智也開始模糊，我覺得我瘋了，所以無論什麼話、什麼事都可以無所顧忌地去做。默不作聲看著崔道軒脫下褲子的金珉佑把視線轉向我，以非常緩慢的速度點了一下頭，就像是在慎重地警告我趕快脫褲子。我下意識地把手放上肩膀。簡直教人難以置信，我竟然沿著肩膀、胸口，把吊帶一條……一條拽下來，接著一條腿……又一條腿……脫下褲子。最終，我們都只剩下內褲了。但是……天啊，我這才想起來，我穿的是夏天冰絲涼感的四角內褲。

「搞什麼？你竟然穿的是冰絲涼感內褲，我穿的可是純棉內褲，這不公平！為了公平，我們把內褲也脫了吧！」

什、什麼？還沒等我做出反應，崔道軒就脫下了Calvin Klein內褲。就在那一瞬間，我已經不再是我了，我的靈魂出竅，飄浮在空中注視著我的一舉一動。我不知所措，手腳都失控了，就像被催眠了一樣，束手無策地注視著自己的行動。

最終，我也脫下薄薄的內褲坐在了車座上，屁股碰觸到人造皮革讓我渾身直起雞皮疙瘩。我們赤裸著身體，只戴著蘋果手錶坐在車座上，金珉佑面無表情地伸直手臂。

「Strava軟體有開吧？」

崔道軒和我默默地點了點頭。

「準備！」

金珉佑悲壯的聲音灌入耳中時，我才意識到自己赤裸著身體有多滑稽可笑，彷彿有人接連不斷地抽打我的雙頰，讓我從可怕的麻醉劑中清醒過來。如同海嘯般湧上的羞恥感讓我很想找個地洞鑽進去，但眼下只能用力地握住車把。金珉佑伸直手臂向上舉起，大喊道：

「出發！」

我用力踩下腳踏板，但不知為何覺得自己已經輸了，眼淚在眼眶不停地打轉。

冬 季 奧 運 會

동계올림픽

我已經提早告訴家裡，這次連假有事不能回去，但新年當天爸媽還是接連打電話來。手機畫面同時出現綠色的接聽鍵和紅色的拒聽鍵，我猶豫後按下紅色的，重新打開剛才在看的地圖軟體。奇怪，明明我要找的地方就在附近。

我已經在清晨昏暗的小巷裡徘徊了一個多小時，雖然無法掌握準確的方向，但駐足不動的話，很快就會被冷風灌透全身，所以只能不停地往前走。也許是因為假日，又或許是因為天氣冷，再不然就是時間太早，路上竟然看不到半個人影。小巷盡頭隱約傳來某人與保險公司講電話的沮喪聲音，可能是因為嚴寒，汽車電池沒電了。為了阻擋冷冽的風，我把圍巾緊緊圍到鼻子，呼出的氣瞬時在睫毛上凝結成霜。我把凍僵的手伸進大衣口袋，握了兩下拳頭。

據說這是有史以來最強的寒流，只有六次氣象觀測到首爾氣溫降至零下二十度，偏偏今天就是其中之一，而且今天還是韓國的大節日——農曆新年。非但如此，今天還是卡加利冬季奧運會「短道競速滑冰」男子一千公尺決賽的日子，我的任務是去短道競速滑冰國家代表隊選手白賢浩的家，拍攝並採訪他的家人觀看直播應援，製作一分鐘左右的新聞。這是我作為三個月實習記者的最後一項任務，也就是說，這則新聞將決定我是否能夠獲得正式記者的面試資格。

讓我略感費解的是，我現在工作的地方雖然製作新聞節目，但因為是地方民營的電視臺，主要報導的都是地方新聞，我實習期間採訪的也都是當地發生的事件，而且，像這種小規模的電視臺沒有體育部門，為什麼還要派我來做這種採訪呢？沒辦法，我只能照做。負責教育實習記者的社會部組長分配任務的當天，包括我在內的三名實習記者都露出驚訝的表情，組長似乎看出了我們的想法，補充解釋道，電視臺應該要報導綜合新聞，而且這是所有大韓民國國民都在關注的奧運會，所以必須做。直到當時，我還很從容，內心沒有像現在這樣如履薄冰，然而，令我不安的是接下來的事情。

傳聞指稱，我們三名實習記者中的一名與電視臺的大股東有某種關係，大家預感電視臺肯定會錄用那個人，因此我和另一人的命運成了未知數。但我們不知道電視臺這樣做是為了封住眾人之口，還是真的為了給每個人一個公平的機會。不管怎樣，都是二選一，所以我還是無法放棄電視臺想要透過最後一次任務評估我們能力的想法。然而，當其他人被派去首爾火車站和江南客運站採訪市民，只有我被派去選手家的時候，我突然意識到也許電視臺不會選我。

這就是我為什麼會一大早徘徊在住宅密集的木洞區的原因。組長說他好不容易透過大韓冰上競技協會要到選手家的住址，但我怎麼看地址都不對。我猜想可能是街道和門牌號碼搞混了，但反過來搜尋還是不對。從白賢浩選手最初學滑冰的冰場和畢業的國小、國中，可以得知他們家應該就在附近……遇到路人至少還能問一下，但寒流來襲的假日清晨根本看不到半個人。

我焦慮地走在相差無幾的住宅大樓之間，幾天前結束預賽的男子一千公尺短道競速滑冰將從早上七點開始進行半準決賽，之後是準決賽和決賽。也就是說，我必須在六點抵達指定地點，完成拍攝和採訪……但還有一個問題，至今為止，我只負責採訪工作，昨天才拿到手持式攝影機，能否順利使用也成了未知數。要擔心的事情一件接著一件，我實在沒有信心可以順利找到白賢浩的家完成工作。因為沒有獲得正式的採訪許可，我手上只有一個錯誤的地址，連受訪者的聯絡方式都沒有。我又看了一眼手機畫面上的時間，已經五點半了，大事不妙！就在我焦急地加快腳步時，地上的一團電線絆住了我的腳。幾天前下過雪，路面結冰，我的身體騰空而起，一屁股跌到地上。瞬間，屁股感受到的疼痛傳遍全身，眼前一道金光閃過。我摸著屁股，忍住疼痛，艱難地爬起身時，口袋裡傳出嗡嗡的講話聲。看來是我摔倒時，不巧誤觸了打進來的電話接聽鍵。我拍拍屁股，取出口袋裡的手機，又是爸爸。

「你不回家啊？」

「我不是說過了嗎？」

「為什麼？幹嘛不回家？」

「我在實習，要採訪，沒時間回去。」

「是喔。」

爸爸接著又問：「那個，你、你要給你媽換新手機？」

他是怎麼知道的？我沒做錯事，但被他這樣問，還是不免緊張了一下。

「啊，是……她的手機出問題，修理很貴，還不如買新的……」

「買哪款？」

還沒等我回答，爸爸就搶著說：「不用給你媽買太好的。」

我後知後覺，當時不以為然的這句話隨著時間流逝，在我心裡劃下一道深深的傷痕。那時的我一心在解讀爸爸話中隱藏的其他用意，立刻反問道：「爸，你需要什麼嗎？」

「我最近在喝洋酒。」

洋酒？出乎意料的答案令我一頭霧水。

爸爸提高嗓音又說：「聽說百齡罈三十年很好喝。」

我真不知道他在說什麼。

「你要百齡罈……三十年？」

「不、不是叫你買……但，要買也行。」

「那我打聽看看。」

「嗯。」

電話掛斷了，我從小就被灌輸工作後的第一份薪水要全部報答父母，所以實習後的第一份薪水都匯給了他們。可能因為這樣，爸爸才會誤會我賺得很多吧。握著手機的手徹底凍僵了，我趕快把手放進口袋。這時震動響起，這次是媽媽，雖然我不想接，但還是按下了接聽鍵。

電話接通後，媽媽開門見山地說：「喂，善珍啊，你在哪裡工作？YTN嗎？」

我嘆了口氣，回答：「不是啦。」

「怎麼聽不清呢？是YTN吧？」

「我還沒找到工作呢，而且也不是YTN！」

我環顧四周，換了一隻耳朵聽電話，壓低聲音又重複一遍已經說過很多次的話：「不是YTN，是YBC……我還在實習，還是實習生，以後的事還不知道呢。」

「喔，對了，你等一下。」

幾秒後，話筒傳出嬸嬸的聲音：

「善珍啊？你跑去首爾工作，忙得都不能回家，真是辛苦了。」

「沒有啦。」

「你在ＹＴＮ當記者，別提你媽有多驕傲了。」

「不是，不是ＹＴ……」

「你叔叔每天只看ＹＴＮ。別看你現在這麼胖，小時候可苗條了，你減減肥，肯定能當主播，要是能做到主播就好了，對吧？那可是家裡的大喜事！」

「嗯？」

「善珍啊，好好照顧自己，中秋節一定要回來啊，你去忙吧。」

「你到底有沒有減肥啊？」

我還沒跟嬸嬸說再見，就換成媽媽接聽了。

「我會啦，不用你操心。」

「真是的，瞧瞧你，小時候跟我一樣瘦。我們家的人就算肉肉的，也沒有像你這麼胖，唉……」

「對了，爸爸怎麼喝起洋酒了……」

「什麼？他也跟你說了？」

「他說想喝百齡罈三十年……」

「他是瘋了吧。」

「那是什麼酒啊？」

「算了，不用理他，最近村裡來了個開十幾億遊艇的外地人，你爸整天不做事，跑去跟人家鬼混，天天喝得爛醉如泥，氣死我了。」

媽媽不容我插嘴，接著說：「什麼百齡罈三十年，他還好意思說，朴總統也才喝十年的。你爸要你買三十年的？不准買給他啊，你要是有錢就像上次一樣都匯過來。」

接下來，媽媽用稍稍恢復平靜的聲音問：「喔，對了，你還記得宇真的寒假作業吧？」

「讀後感？我前幾天寄郵件給他了。」

「剛才聽他說，要交三份，你只寄了一份。」

「都要我幫他寫？他參考我寄的那份自己寫就可以了。」

「喂，他要是會寫，還要找你幫忙嗎？你也真是的……」

我縮了一下肩膀，察覺到了某種熟悉的對話模式。

「我不是跟你說了這關係到你弟弟的升學考試嗎？你怎麼總是站在自己的立場想事情呢？你以為誰都跟你一樣聰明、有能力啊？」

其實我一點也不聰明，也沒能力。就是因為不夠聰明、又沒能力，所以總是拖累別人。只有家人說我聰明、有能力，我倒是很想成為他們說的那種人。

「你抓緊時間，週末寫好，開學前寄給他。」

「知道了。」

兩次通話終於結束，看到嘴裡冒出的白霧，我這才意識到自己在長嘆。什麼都還沒做，肚子就餓了，我難以忍受這種令人厭惡的感覺，面對這麼重要的工作，我竟然還覺得餓？尿意來襲，甚至覺得很睏……我實在是太不爭氣了。

昨晚我徹夜未眠，因為對短道競速滑冰一無所知，只好熬夜抱了一下佛腳。我擔心遲到，還搭了首班車趕來木洞。最近只要輸入白賢浩三個字，就會看到鋪天蓋地的新聞，身為短道競速滑冰國家代表隊的老么，這次是白賢浩首次征戰奧運會。幾年前，還是國中生的他就奪下世界青年短道競速滑冰錦標賽一千公尺和團體三千公尺接力的金牌，獲得了全世界的矚目，更成為國內備受矚目的中長距離選手。白賢浩不僅在上一屆的世錦賽和四大洲錦標賽中獲得一千公尺的金牌，而且在四大洲錦標賽的一千五百公尺比賽中，即使受到其他國家選手的妨礙而摔倒，還是沒有放棄比賽，最終獲得了銅牌。白賢浩在本賽季的最後一場國際比賽中，橫掃一千、一千五百公尺金牌，刷新個人紀錄，受到媒體極大的關注。這是他首次征戰奧運會，媒體賦予了他「大韓民國短道競速滑冰的未來」、「大韓民國冰上未來」等等頭銜。

如果沒看到白賢浩選手的生日，我只覺得他就是一個天生、世界頂級的滑冰選手，但看到網路資料上的年紀後，說實話，我很羨慕他。他七歲時，機緣巧合接觸到滑冰，發現了一技之長，在全家人的支持下一躍成為世界頂級選手。當同齡人畢業後為前途苦惱的時候，他已經在自己擅長的領域獨佔鰲頭。我沉浸在這個想法中時，看到一輛停在遠處的銀色現代汽車。乍看只是一輛普通的私家車，但車門上的貼紙引起了我的注意，那張貼紙非常眼熟，是KBS電視臺的標誌。看來我要找的地方應該就在附近，我欣喜若狂，忘卻了寒冷，朝那輛車飛奔而去。轉過巷口，可以看到禁止停車的警告牌，但一棟樓的樓下還是停了很多輛貼有電視臺貼紙的車。看到那些電視臺的車，我才鬆了口氣，那是一棟紅棕色磚頭外牆的四層樓住宅，幾個身穿黑色長款羽絨衣的人手持三腳架走進一樓大門，正往樓上走，我於是趕快跟了過去。剛走進去就聽到嘈雜的聲音，越往上走，越是人聲鼎沸。

*

白賢浩選手的家位於住宅的四樓，來到四樓，無需找門牌號碼就能得知，因為他家大門敞開，一股熱氣和香濃的味道從敞開的大門飄出，狹窄的玄關雜亂無章地堆滿鞋子。不，用堆積如山來形容更為貼切，鞋子多到根本無法走路，不用看也知道屋裡是什麼情況。

這時，一位阿姨匆忙地一閃而過，但她倒退回來看到了我。我們四目相視，她化了很淡的妝，棕色的瞳孔、修長的眉毛、略顯凸出的顴骨和眼眶周圍好似星星般四散的雀斑映入了我的眼簾。她身穿熨過的白襯衫和米色純棉褲子、棕色襪子，還圍了一條與精心穿搭很不相搭、印有螃蟹的紅色圍裙。

「哎唷，你是記者吧？」

「啊，是的，您好。」

就在我猜測她應該是白賢浩選手的媽媽時，她突然沒穿鞋子就越過滿地的鞋走到大門外，雙手抓住我的手臂說：「天啊，這麼冷的天，你怎麼穿得這麼少！」

突如其來的身體接觸令我一時不知所措，下意識地縮了一下肩膀。阿姨沒等我反應過來，又用手撫摸我的手肘說：「大冷天跑來，辛苦你了，趕快進來吧。」

這麼容易就讓我進家門？我原本還很擔心會被拒絕採訪，誰知道她連哪間電視臺都沒問，甚至還很歡迎我。

「房子太小，連放鞋的地方都沒有，你稍等一下。」

白賢浩選手的媽媽打開玄關一側的鞋櫃，四下看了一眼。

我指著走廊說：「沒關係，我把鞋放在這裡就可以了。」

「沒關係嗎？門會一直開著的。唉，真是抱歉。」

我把鞋放在堆積如山的鞋子後面，也就是關上門以後的外面走廊，然後為了不踩到大家的鞋子，一躍而過進入室內。屋裡已經擠滿電視臺的人，簡直難以相信這是清晨六點的光景。房子面積不大，依次是玄關、廚房、客廳和廁所，廚房和客廳的右側各有兩個房間。幾名攝影師已經在距離玄關最近的房間裡拍攝，也許那就是白賢浩選手的房間。很多電視臺提早過來拍攝，所以沒有人注意到剛剛走進來的我。主要電視臺的記者、攝影師和錄音師三人一組，把好似大砲的ＥＮＧ攝影機固定在三腳架上，調整拍攝的最佳角度，也有幾個人莫名其妙地把筆電和攝影機放在地上，拿著小碗和湯匙在吃東西。白賢浩的爸爸一聲不吭地坐在客廳的沙發上，一手拿著小本子，一手拿著筆注視著電視。他不受周圍人們的影響，一動不動地坐在那裡，偶爾才摸一下眼鏡框，就像被透明的牆壁包圍了起來，與家裡混亂的氣氛格格不入，但也明顯感受到他不想融入當下的氣氛。

白賢浩的媽媽看到我就像不受歡迎的客人一樣尷尬地站在那裡，一邊用圍裙擦手一邊問：「你吃飯了嗎？喝點年糕湯吧。」

原來剛才在走廊聞到的熟悉香氣就是牛骨高湯的味道，還沒等我回答，白賢浩的媽媽就把湯勺放進了大鍋裡。

我一時驚慌，趕快擺手說：「阿姨，沒關係，不用了。」

「反正也不能給你太多，就吃一點，嚐一嚐，畢竟今天是新年。」

「真的不用，您的好意我心領了。」

「我就給你盛一點。記者一大早趕來，肯定沒吃早餐。」

我的確很餓，但在這種情況下，我一點也不想吃，更何況我還不是記者，光是同意採訪就很感激她了，怎麼還能厚著臉皮喝年糕湯呢？如果我說自己吃過早餐了，她也許就不會再堅持。

「真的不用，我吃過早餐了。」

「是喔？那也嚐一嚐吧……」

我從挎在肩膀的攝影包裡取出攝影機說：「我可以拍一下白賢浩選手的房間嗎？」

正在用湯勺攪拌年糕湯的阿姨轉過身，指著玄關一旁的房間說：「當然可以。那就是我們賢浩的房間，你進去拍吧，但現在有其他記者在裡面。」

白賢浩的媽媽皺著眉頭，充滿歉意地說：「唉，都怪這房子太小，你得等一等再進去了。」

稍後，拍攝完畢的記者、攝影師和錄音師接連走出房間，經過我時瞥了我一眼，我點頭打了聲招呼便走進房間。深棕色的書櫃和書桌並排在一側，整潔的床縱向緊貼書桌。光看這些傢俱會覺得這是一個普通學生的房間，但書櫃上的東西全然否定了這一點，這個空間更像是一個小展示廳。我轉向左邊，看了看書櫃，比起書籍，更多的是些獎牌和獎盃。形狀各異的獎盃一前一後擺在書櫃裡，只有幾張獎狀顯目地擺出來，其他獎狀放在文件夾插在書櫃裡。我的視線自然地轉移到書桌上，本賽季短道競速滑冰錦標賽的冠軍獎盃就像房間的主人一樣威嚴地擺在正中央，既大又重的水晶獎盃很難單手舉起，上端裝飾的球體存在感十足。獎牌盒疊放在書桌一角，好似小塔一般，書桌上方牆上的折疊式懸掛架也掛滿了沉甸甸的獎牌，重得讓人擔心架子會掉下來。雖然獎牌重疊掛在一起，但大部分都是金牌，五彩繽紛的帶子下面掛著既圓又閃亮的獎牌，乍看之下就像裝飾聖誕樹的飾品。我趕快打開昨天臨時練習過使用方法的攝影機，戴上耳機，拍攝下這些畫面。

我從書桌下方垂直向上拍。

最閃耀的水晶獎盃從上垂直向下，然後慢慢拉近鏡頭，特寫獎盃上的字。

鏡頭緩緩移向掛在衣架上色彩繽紛的獎牌，再分別特寫每一個獎牌。

我退後幾步，從書桌水平移到書櫃，最後轉向床。

我從鏡頭定格的地方發現了什麼。只見床頭的牆上並排掛著三、四個小相框，我放下攝影機，仔細看了看相框裡的照片。一個年幼的孩子穿著小小的白色冰鞋站在冰上。竟然有這麼小的冰鞋，小冰鞋底下的冰刀也很小，年幼的孩子竟然可以穿著冰鞋穩穩地站在冰上，這一切都讓我覺得既神奇又可愛。另一個相框裡的孩子看起來大一些，其他兩個相框分別是面帶微笑和身穿國家隊隊服的白賢浩選手。我站在稍遠的地方拍下這些照片，然後拉近鏡頭分別做了特寫，鏡頭對準第一張照片時，興奮的聲音從耳機外頭傳來。

白賢浩的媽媽說：「那張照片是他第一次穿冰鞋時拍的。」

我摘下耳機，轉身說：「好可愛喔。」

白賢浩的媽媽歪頭露出了笑容，她臉上綻放的笑容彷彿讓整個房間突然亮了起來。

「是啊，那時候真的很可愛。那時他七歲，但看起來只有五歲，個頭也是社區孩子裡最矮的一個。我們帶他去了一次木洞冰場，誰知道這孩子一點也不怕摔倒，自己就滑了起來。教練看了，說他有天賦，一開始我和他爸都不相信。」

面帶笑容的一張臉漸漸收起微笑，不知不覺又變回原來的表情。

「其實，我們家沒有條件讓孩子學滑冰，但他哭哭鬧鬧就是要學。」

白賢浩的媽媽轉開視線，看向牆上的相框說：「世上哪有堅持得過孩子的父母呢？」

我指著另一張白賢浩選手與其他人勾肩搭背的照片問：「他旁邊的是金敬仁選手吧？」

「嗯，左邊是敬仁，右邊是基俊。你也認識吧？他們都是這次國家代表隊的選手。本來基俊也是滑短道的，但拍完那張照片後沒多久就換其他項目了。這些孩子都很努力，也都各自取得了成就。」

我把臉湊近相框，感嘆道：「這張照片就是短道滑冰歷史的開始啊！」

白賢浩媽媽布滿雀斑的眼角和鼻樑笑得堆起皺紋。

「別提這些孩子小時候有多拚命了，賢浩和敬仁從小就是競爭對手，從青少年時期就一起參加比賽，敬仁拿第一的時候，賢浩肯定是第二；賢浩要是拿了第一，那第二肯定就是敬仁，前兩名總是非他們莫屬，可以說是這種良性競爭幫助他們走到了今天。我看新聞，都說這兩個孩子是韓國短道滑冰的未來，畢竟再怎麼說，他們跟那些前輩還是有年齡差距的。」

白賢浩的媽媽一口氣說完，突然露出害羞的表情，就像剛才說了不該說的話一樣喃喃道：「哎，我們可不這麼覺得，但大家都這麼說，這也算是一種榮耀和光榮了，我們都很感恩的。」

就在這時，門外傳來碗筷放進洗碗槽的聲響，一個記者大喊道：「謝謝您的年糕湯！」

「喔，大家都吃完了？要不要再加點？」

白賢浩的媽媽朝廚房走去，我也收好攝影機跟著她走出房間。身穿無線電視臺外套的記者豎起大拇指，笑嘻嘻地說：「您的廚藝真好！這種大日子也能靜下心來準備年糕湯。」

「賢浩一有比賽，我幾天前就會開始失眠，坐立不安，總想找點事情做。別的不敢說，熬牛骨湯我還是有信心的，都說牛骨湯對骨頭好，我總是熬給賢浩喝。現在他看到牛骨湯，肯定會直搖頭。」

記者用手背擦了一下長著鬍鬚的嘴角，問：「你們怎麼不去加拿大看比賽呢？」

這也是我很好奇的問題。

白賢浩的媽媽用力搖了搖頭，十分堅定地說：「哎唷，我們可不能去。賢浩說，要是我們去了，他會分心，發揮不出平時的實力。」

「也是，也有這種可能。」

「從青少年比賽開始，我們就沒去過現場看比賽。工作纏身也沒時間，若有時間去了，他肯定會摔倒。不去看，他反而發揮得更好。」

白賢浩的媽媽一邊清洗洗碗槽裡的空碗和湯匙，一邊說：「所以我們堅決不去，再重要的比賽也只在家裡看。今天也是，在家看舒心，但……」

她欲言又止，眉頭緊鎖。

「唉，但房子太小了！來了這麼多記者，讓大家擠在這裡，真是對不起。」

記者擺著手說：「沒有啦，是我們來的人太多了，現在白賢浩選手是大焦點，所有媒體都想來採訪，你們可是培養出大韓民國短道滑冰未來的人。」

白賢浩的媽媽似乎沒有聽懂這是一種稱讚，不以為然地說：「我們之前住在第五社區，那邊你知道吧？當時差點買下那棟房子，要是買下那棟房子……唉，你們就不用扛著這麼重的攝影機爬樓梯、擠在這裡了。」

「別這麼說……這本來就是我們的工作……」

不知所措的記者轉移視線，看到了正在發呆的我。

「喂，你是哪裡來的？」

「嗯？」

「我問你是哪裡的新人？來拍影片，還是寫報導的？」

我還在實習，只寫過報導，但我手裡拿著攝影機。我猶豫了一下，稍稍舉起攝影機回答說：「兩件事都做。」

記者歪了一下頭。

「哪有兩件事都做的，你是M臺的？」

「不是，我是Y……」

「Y？YNT的？」

「不是……我是YBC的實習生。」

記者原本就很大的眼睛瞪得更大了，他提高嗓音問：「YBC？YBC來幹嘛？據我所知，冰協只把選手住址給了允許來採訪的媒體啊！」

「我、我是按照公司提供的地址來的……」

「媒體名單裡沒有YBC啊？白賢浩選手所屬龍仁市廳嗎？」

「好……好像不是？」

「就是說嘛，人家不是龍仁市廳的選手，YBC來湊什麼熱鬧？」

記者見我一聲不吭低頭摸著攝影機，嘆了口氣，接著又說：「選手家裡的住址屬於個資，很敏感的。再說，你也看到了，現場這麼擁擠，我們也只派了最少的人員，幾家電視臺都協調好了，各自拍攝不同的角度，之後再共享。」

他用下巴指了一下我手裡拿著的6mm攝影機說：「你那攝影機跟我們的不一樣，根本不能共享。」

他的意思是叫我離開嗎？太誇張了，組長該不會是明知道會遇到這種情況，還派我來吧？我突然覺得白跑一趟，心裡既緊張又混亂。但想到剛才在房裡與白賢浩的媽媽聊天時，她的確把我當成記者，我覺得還是必須硬著頭皮完成任務，於是努力保持平靜，盡可能用平穩且謙虛的語氣說：「抱歉……但就因為這樣，我才更應該留在這裡，不是嗎？」

「你說什麼？」

「如您所言，我是6mm的攝影機，無法接收ENG拍的影片……所以才要自己來拍啊。我不會妨礙你們，我就在角落拍，這樣也不行嗎？我一定得拍……」

「你們聽聽她說的話！就算你能接收，我們也不會傳給你。事先協調的時候，就沒有你們電視臺。再說了，6mm能拍什麼？沒有可以同時拍攝電視畫面和選手父母的角度了。怎麼，你要拍Vlog啊？」

他覺得我沒有來採訪的資格，但顯然他也沒有可以趕我走的資格，眼下我只能硬撐。

他轉頭看向其他記者問：「前輩，怎麼辦？她可以待在這裡嗎？」

這時，白賢浩的媽媽走過來，插嘴說：「那個，各位記者，我不懂你們的規矩，但……這有什麼重要的呢？」

「不是，那個……您家的地址是個人資料，本來只有我們知道，但她沒有獲得允許就來了……」

「沒事，真的，這都無所謂，誰來我都歡迎。」

白賢浩的媽媽雙手合十，祈禱似地舉在胸前說：「你們大駕光臨，我就很感激了。大家為了給賢浩加油打氣，這麼冷的天，而且還是新年，不休息地過來這裡，我感激不盡啊。我是真心歡迎你們，只是這房子太小，讓你們都擠在這裡，實在讓我過意不去。唉……」

記者上下打量我，壓低聲音自言自語道：「多一個人更擠了……」

我假裝沒聽見，他的話就像舞台上的主角旁白，即使他是說給所有人聽的，所有人也都聽到了他的話，我也沒聽見。我已經下定決心，不聽、不說，只做我該做的事。客廳的電視裡傳出講評和體育主播的聲音：

「大家好，這裡是卡加利麥克馬洪體育場，稍後七點將舉行短道競速滑冰男子一千公尺的半準決賽。」

聚集在客廳的人同時看向廚房，異口同聲地說：「阿姨，您快過來坐啊。」

白賢浩的媽媽站在洗碗槽前忙著洗碗，她垂下視線，低著頭喃喃地說：「嗯，我這就過去……這就過去……要看比賽……我這就過去……」

與其說她是在回答大家，更像是在唸咒語。她慢吞吞地脫下印著螃蟹的圍裙，用手掌搓了一下臉，把深棕色的碗櫃玻璃當鏡子整理了一下衣服，走到客廳沙發坐在了右邊。白選手的媽媽入座後，攝影師開始忙碌起來，彷彿這次採訪的主角不包括選手的爸爸，只有媽媽，剛才還對準選手爸爸的鏡頭在媽媽入座後，全都無聲無息地調整了三腳架的方向。

一名錄音師把各電視臺的無線麥克風收集在一起，再用綠色膠帶綑綁起來。幾個巴掌大的麥克風綁在一起，看上去沉甸甸的，錄音師把麥克風放在電視與沙發之間的矮茶几上，我莫名覺得麥克風上的收訊天線好似導火線，綁在一起的麥克風就像炸彈。

講評漸漸提高嗓音說：「各位觀眾，這裡是卡加利麥克馬洪體育場，這是在卡加利舉辦的第二次冬奧會。」

主播接著說：「是的，一九八八年舉辦冬奧會時，短道競速滑冰首次被列為表演項目，直到一九九二年阿爾貝維爾冬奧會才成為正式的比賽項目。自阿爾貝維爾冬奧會之後，大韓民國代表隊在短道滑冰上從未錯失過金牌。」

「沒錯，我們大韓民國在短道滑冰上已經是名副其實的強國，雖然在本屆卡加利奧運會上還沒有奪金的好消息，但相信從今天開始將會驚喜連連。」

「是的，後面還有很多比賽，相信我們的選手和他們在備戰奧運會期間所付出的努力一定會創造佳績。」

「當然，不應該給選手壓力，但我認為，今天就是選手們發揮潛力的時候，特別是今天的男子一千公尺更是我們的強項。」

「是的，一千公尺被稱為中長距離，這與短距離的五百公尺和長距離的一千五百公尺還是不同的。」

「沒錯，這是一項同時需要速度與耐力的比賽，不僅如此，掌控比賽也非常重要。我們的選手將在這項比賽中展現技術和速度，以及特有的鬥志，輕鬆通過預賽的白賢浩和金敬仁選手將征戰這場比賽。」

隨著比賽時間接近，大家都沉默了，室內越來越安靜，主播和講評的聲音更加清楚地傳入耳中。白賢浩的媽媽不停地用手搓臉，爸爸拿起放在膝蓋上的小本子和筆。

「期待的瞬間到了，選手們正在入場。」

聽到這句話，我和所有攝影師從各自的角度開始準備拍攝。

*

「白賢浩！輕鬆奪下了第一名！」

「真不愧是本賽季世界第一，世界錦標賽的金牌得主！」

「金敬仁和白賢浩選手順利通過了半準決賽和準決賽，接下來就是眾望所歸的決賽了。」

白賢浩的媽媽摸著胸口，喃喃道：「啊，感謝主。」

她起身穿過圍在四周的記者，打開冰箱取出玻璃瓶，把麥茶倒入杯中，咕嚕咕嚕大口喝了起來。因為是休息時間，我也關掉攝影機。

就在這時，身後正在室內取景的某綜合臺攝影師衝著我大喊：「喂，6mm！剛才你晃來晃去，擋住我鏡頭了！決賽的時候，老實點！」

「我剛才一直彎著腰的！」

「你有沒有擋住鏡頭我會不知道嗎？」

白賢浩的媽媽走回客廳，插話說：「哎，別這樣，不如我們坐遠點？再往沙發邊坐坐？這樣大家都能拍到吧？」

「啊，沒事的，對不起，這應該是我們自己協調的事情。」

白賢浩的媽媽又開始坐立不安了。

「唉，這可如何是好，你們遠道而來，地方卻這麼小，真是不好意思。」

「您別這麼說，這有什麼不好意思的。」

「唉，都怪我們家太小……」

話音未落，就聽有人喊了一聲：

「喂！」

所有人的視線立刻轉向白賢浩選手的爸爸。幾個小時他都默不作聲，就像銅像一樣坐在那裡。

「你到底要講幾遍房子小！」

瞬間，家裡鴉雀無聲，緊張的氣氛瀰漫開來。他的叫聲大到我下意識地捂住耳朵，大家的視線立刻轉向他的方向。白賢浩的媽媽緊閉雙眼，咬著下嘴唇。媽媽閉眼，爸爸瞪眼，眼前的狀況尷尬無比，令所有人都透不過氣。今天初次來到這裡的人都屏住了呼吸，快速轉動著眼球，尷尬、不舒服和不知所措的視線就像蜘蛛網一樣交織在一起，充滿寒氣的家中一片寂靜。白賢浩的媽媽抬起頭，睜開眼睛，就像是在對所有人疾呼似地說：

「不是啊，來了這麼多貴客為我們賢浩加油打氣，可是連坐的地方都沒有……」

「吵死了！」

爸爸比剛才喊得更大聲了。

「你敢再說一句，嗯？」

又是一陣冰冷的沉默。主播和講評不可能知道家裡如履薄冰的氣氛，他們興奮的聲音再次響起：「稍後即將舉行卡加利冬奧會短道競速滑冰的總決賽。」

瞬間，家裡又安靜下來。隨後，電視開始播放冬奧會贊助商的運動服裝品牌廣告，白色的長款羽絨衣出現在畫面中，氣氛尷尬的室內迴響著凝聚新科技的廣告語和喧鬧的音樂聲。白賢浩的媽媽突然起身走進廚房，削起蘋果，嗒嗒嗒，刀子落在砧板上的聲音傳入耳中。

「稍後即將開始短道競速滑冰總決賽，請大家鎖定頻道，見證我們的選手挑戰卡加立冬奧會短道競速滑冰的首面金牌。」

白賢浩的媽媽端著削好的蘋果走回客廳。鑲了金邊的圓盤中整齊擺著切好的蘋果，每瓣蘋果上插著小巧可愛的水果叉，圓盤碰到玻璃茶几的聲音令人脊背發涼。

主播開口道：「現在我們可以看到觀眾席坐滿了僑胞，他們正在揮舞手中的太極旗，希望冰場上的選手們能感受到觀眾的熱情。」

「嗯，我現在開始緊張了，大韓民國短道競速滑冰的未來，白賢浩和金敬仁選手晉級了總決賽，特別是白賢浩選手在本賽季的世錦賽中榮獲了一千公尺金牌，位居世界排名第一，我們期待他能發揮最佳水準！就讓我們一起期待他奪下金光閃閃的金牌吧！」

「現在選手們開始入場了，首先是來自荷蘭的選手艾瑞克・赫日泰⋯⋯接下來是代表大韓民國的選手白賢浩，他正在揮手致敬，以燦爛的微笑回應觀眾們的歡呼。」

「是的，白賢浩陽光般的笑容充滿自信，他就是大韓民國的未來，大韓民國的驕傲。接下來是大韓民國的選手金敬仁⋯⋯」

我之前不知道兩場比賽之間，也就是賽前的直播要講這麼多不必要的話。身處選手家中的所有人都希望比賽快點開始，選手們趕快上場。

終於，所有選手站到了起跑線上。

大家壓低上身。

比賽開始。

「起跑不用太著急，慢慢保持速度就可以了。」

第一圈結束後，白賢浩的爸爸在小本子上畫了一條橫槓。

就在這時，傳來主播驚慌失措的聲音：「嗯？荷蘭選手艾瑞克・赫日泰這麼快就超過去了？」

「是啊，這才第一圈啊。」

「他這是最後一圈的速度。他似乎生氣了。您怎麼看？」

講評說：「嗯，這位選手在之前的五百公尺比賽中手指輕微受傷，但沒有影響比賽，我覺得他可能是為了之後能拉開距離，所以選擇這種作戰方法。不知道他是否與教練商議過，但我覺得這種戰略多少有些魯莽。」

體育主播又問：「根據短道競速滑冰的規則，若領先的選手與後面的選手相差兩圈以上，後面的選手就會失去比賽資格吧？」

「是的，沒錯。當然，後面的選手也要調整好速度，所有參賽選手都應該考慮到這一點。」

一千公尺短道競速滑冰共計九圈，依常識來看不應該在第一圈就加速，但荷蘭選手加速領先，把其他選手都甩在了後面。看到他與韓國選手的距離越拉越大，我開始坐立不安，如果他一直保持這個速度，間距一直拉得這麼大，最終第一個衝過終點該怎麼辦？看到韓國選手落後於他，加上聽到比賽規則後，我更加不安，暗自希望這次例外的前半場快點過去，祈禱領先的選手體力耗盡，頭盔上印有太極旗的選手、特別是白賢浩選手能發揮實力在後半場超上去。我握著攝影機的掌心開始冒汗，有生以來，我還是第一次這麼集中注意力看比賽，如此全心全意地為本國選手加油。

「咳。」

白賢浩的爸爸乾咳一聲，又在小本子上畫一筆。隨著圈數增加，小本子上出現了一個「正」字。橢圓形的冰場周長一一一．一二公尺，勝負會在第二個「正」字完成前一見分曉。

就在第一個「正」字完成時，主播說：「到了該衝刺的時候了！只剩下四圈了！」

「是的！白賢浩選手開始從外圈衝刺了！」

「啊！賢浩啊！」

白賢浩的媽媽從沙發上滑下來，跪在地上。她雙手緊扣，舉在胸前，喘起粗氣。

「賢浩啊，賢浩啊！」

轉眼間，又一圈結束。

「主啊，上帝啊！」

小本子上又多了一條橫槓。

「白賢浩選手的特長是從外圈趕超，他輕鬆超越其他選手，目前占優勢領先了！這次白賢浩選手也展現了在世錦賽上發揮的技巧，圈速比之前在世錦賽創下的國內新紀錄還要快，真是太了不起了。這種速度，說不定可以打破世界紀錄。」

「是的，白賢浩是一個具備了體能、速度和耐力於一身，這個時代的全能滑冰選手，他為我們展現了一場優美和諧的冰上競技。」

「啊，我已經看到您眼裡泛淚了。」

「我看著白賢浩選手一路走來，最終成長為世界頂級選手。」

「就在我們講話的瞬間，金敬仁選手超越了艾瑞克．赫日泰選手。目前領先的兩名選手都是我們的太極戰士！大韓民國短道競速滑冰的未來光明無限！現在只剩下最後兩圈了！」

白賢浩的媽媽閉上了眼。所有選手身體前傾，速度越來越快，人在冰上竟然可以健步如飛。瞬間，選手們互相追趕……電視畫面右上角的秒錶就像選手們一樣，以瘋狂的速度快速變化，媽媽的祈禱聲也越來越大。

「我主上帝，請守護、保佑賢浩……眼睛……就像保護眼睛一樣保護他！」

爸爸比電視上更快地又畫了一道橫槓。

「最後一圈了！嗯？」

「這是怎麼回事？」

「啊，兩個選手絆在一起了！」

就在這時——

「阿姨！」

白賢浩的媽媽突然無力地倒在身旁記者的膝蓋上。鏡頭自然地跟了過去，巨大的ENG攝影機都在拍攝白賢浩的媽媽，鏡頭看起來就像槍口一樣地對準她。

「快起來！」

「白賢浩、金敬仁選手！無論是誰，趕快站起來吧！啊……」

冰場上的一圈轉瞬即逝，眨眼之間就結束了。

不知不覺間，比賽結束了。

電視播放著白賢浩選手的臉部特寫畫面。

我下意識地以一隻手捂住臉，險些把攝影機掉到地上。只見紅色的鮮血就像眼淚一樣，從摘下護目鏡的白賢浩選手的一隻眼睛流了出來，一道長長的刀痕橫跨他整張臉，即使戴著白手套的手捂住了傷口，鮮血還是沿著手指縫湧出來。他猙獰的臉龐似乎難以忍受這種痛苦，那張臉像極了倒在我面前的阿姨，棕色的瞳孔、纖長的眼睛、凸起的顴骨和滿布的雀斑……

＊

我最近總是在想像一些事，現在又開始了。我不是想死，我不是那種人，只不過我會想像如果有一個善良的人綁架我，用柔軟的絲巾堵住我的嘴巴，把我雙手綁在身後，用超細纖維做的、軟綿綿的眼罩遮住我的眼睛，把我推上白色廂型車載到某個地方，關上一個月後再放我出來；又或者是，我走在路上突然被一輛既小又可愛的福斯金龜車撞倒，問題不大，就只是手臂或大腿輕度骨折，然後打上石膏，有人餵我吃飯、幫我洗澡，待骨裂長好舒舒服服地躺兩個月；再不然就是，有人在床上用枕頭打我的臉，那個人雙手抓住枕頭，高舉過肩膀，用力打在我的臉上。我倒在舒適的床上，對方再用枕頭按住我的臉，讓我瞬間暈過去，然後昏睡三個月後再醒來。如果能在溫暖的床上冬眠就好了。每當意識變得模糊時，我就會想像起這些事。

為什麼一切會變得這麼模糊，這麼朦朧呢？斷斷續續的幾個畫面在我腦海一閃而過：撞在護欄上的白賢浩選手血肉模糊的臉、如同眼淚般流出的鮮血、因驚嚇過度翻了白眼的選手媽媽、漸漸逼近的救護車聲、擔架抬走她時露出腳跟的棕色襪子，以及組長打來的電話：

「喂，出大事了，高山滑雪的崔娜賢奪金了。你聽說了吧？她家住在松坡的來美安公寓，你趕快過去，去崔娜賢家。」當我詢問具體地址時，組長吼道：「你這個笨蛋，現在媒體全都去了，你到了不就知道了！她所屬龍仁市廳，誰知道她能奪金啊。真是的，我們一點準備也沒有。今天新年，聯絡不到人，全都放假回家了，能趕過去的只有你了。你過去一定要拍到東西，知道嗎？」不斷更新的網路新聞：「冬奧會最大冷門，滑雪皇后崔娜賢奪金」、「超出預想，高山滑雪女子奪金」、「大韓民國滑雪首奪獎牌，史上首金」、「滑雪女皇崔娜賢父母專訪：我們相信女兒可以做到」。我搜尋了一下「松坡來美安」，看到五個地址各不相同的社區，我隱約記得我因為搜尋不到具體的地址，所以先去了第一個社區。在這些模糊的記憶之間，因凍得發抖，牙齒碰撞的咯噠聲就像背景音樂不停地傳入我耳中。我徘徊在空無一人的社區，走到第五棟公寓的正門前時，看到了寫著金色字體的布條：「祝賀崔娜賢選手在卡加利冬奧會首奪金牌！大韓民國滑雪的未來崔娜賢！松坡來美安居委會」。太好了，終於找到了。也許就是在那一刻，我暈了過去。

奇怪的是，我總是反覆想起某一天的某個場景，起初我以為那只是想像中的場景，但仔細想來，那是我實際經歷過、但忘記了的事情。那隻掛在腳尖上的棕色襪子勾起了我的回憶。十歲的時候，我在才藝表演上扮演過廚師，我是引領劇情的核心人物，也是唯一的主角。因為節目名稱是《獨腿王與廚師》，所以我每場戲都會登場。我親自準備了道具，用白紙捲成圓筒，做了一頂高高的廚師帽，還把報紙塞進棕色的襪子裡，做成一隻有模有樣、要在劇情高潮時摔在地上的火雞腿。我練習了整整一個學期，只為了在演出當天能流暢地背出大量台詞，全身心投入表演。演出非常成功，我在熱烈的掌聲和歡呼聲中一邊謝幕，一邊期待著最後一個人的稱讚和掌聲。即使沒有觀眾鼓掌也沒關係，只要有那個人……我走下舞台，興奮地跑向坐在觀眾席的媽媽。但媽媽沒有針對表演發表任何看法，而是問我：

「善珍，你為什麼不演公主呢？」

我無言以對。公主沒有一句台詞，那個角色就只是背景而已。

「你要是演公主就好了，穿那種禮服，多漂亮啊。」

然後媽媽眼睛一轉，瞪著我說：「對了，你剛才摔在地上的雞腿。」

我下意識地抖了一下身子。

「那是你爸爸的襪子吧？」

我點了點頭。

媽媽大吼道：「你也不說一聲！少了一隻襪子，害你爸爸找了半天！」

媽媽說著，用食指和中指推了兩下我的肩膀和胸口。

我還記得當時身體無力搖晃的感覺。

我睡著了嗎？還是處在期盼已久的昏迷狀態呢？我的意識好模糊，後背、胸口和腋下都出汗了。明明是寒冬，怎麼暖洋洋的？我作了一個夢，眼前是一扇緊閉的密碼鎖門，我記得這扇門，也知道密碼，我可以輸入密碼開門進去，但我沒有，因為沒有那個必要。我按了一下位於門右側牆上的門鈴，輕快的門鈴聲響起，裡面急促的腳步聲越來越近，越來越清晰。門緩緩地打開，一道光從敞開的門縫照出來，我看到了某人的臉，不高不矮的個頭，不瘦不胖的身材，身穿米色夾帶粉色的洋裝，外面搭了一件淡黃色罩衫。她面帶微笑，眼睛和嘴巴大大的，烏黑的頭髮十分濃密。她用溫柔的聲音對我說：

「快進來，辛苦了，我的寶貝女兒！」

我在夢中是這戶人家的女兒。

「媽媽！」

我撒嬌地撲向她懷中，她的懷抱如此溫暖，我聞到她脖頸散發的淡淡化妝品香氣，那香氣令人心曠神怡，佈滿甜美又清新的奶香，好像還有香草味、蜜桃味和玫瑰味。我雙腳離地，用力緊緊抱住她，她絲毫沒有動搖，還輕輕撫摸我的背。

「我的寶貝，今天過得怎麼樣？」

如此溫柔的一句話，卻鋒利地刺進了我內心深處封印已久的軟乎乎的地方。這句話，就是這句話，讓我淚流不止。在夢中，這是很自然的一句話。我不能哭，但夢外的我大吃一驚，下意識地落下了眼淚。我明明在哭，在夢中卻沒有掉下一滴淚。幸好，她不知道我在哭，眼淚就像旁白，她不知道我在哭，反而以為我在笑。我哭著，但笑了笑回答說：「今天真的很累。」

「是誰讓我的寶貝女兒這麼累啊？」

我不假思索地說：「不知道，就是很累，我好累喔。」

「過來，讓媽媽抱抱，我的女兒，我的寶貝，我的小狗！」

聽到小狗，我不禁覺得自己真的變成了一隻小狗。喔，對了，小狗！這戶人家確實養了一隻小狗。想到這裡，我的腳邊真的出現了一隻小狗，捲毛的小白狗站了起來，狂搖著小尾巴，露出粉紅色的舌頭，把前腳搭在我的腿上仰望著我。小白狗發出開心的喘息聲，我彎下腰，抱起牠摟進懷裡，牠的身上也散發著令人心情愉悅的香氣。我親了親小狗的鼻頭、肚皮和腳掌，既濕潤又黑的小腳掌的氣味十分特別。小狗的尾巴擺動得很快，大家看著牠不停動來動去的尾巴露出了笑容，其中還有一個頭髮花白的男人，身穿格子襯衫，外面套了一件毛衣，圍著一條印了可愛的胡蘿蔔和番茄的圍裙。

「我煮了一鍋我們家公主最愛吃的年糕湯。」

我毫不遲疑地說：「爸，幫我多加點海苔。」

「沒問題，趕快過來，趁熱吃才好吃。」

我把雙臂往後一伸，他便幫我脫下既重又厚的冬季大衣，大衣好似流水從我的肩膀流到他手裡。

黃色吊燈掛在橢圓形餐桌的正上方，餐桌上擺著一碗年糕湯，也許是因為照明的關係，撒在熱氣騰騰的年糕湯上的海苔色彩尤其鮮明。雖然沒有親眼見過，但我想碗中的熱氣與春日地表蒸發的水氣很像。我拿起在黃色燈光下散發黃光的湯匙，狼吞虎嚥地吃起來。因為加了很多海苔，湯很黏稠，我很喜歡這樣的年糕湯。

「公主，好吃嗎？」

「嗯，好吃，非常好吃。」

他坐在我旁邊，熟練地用筷子把泡菜切分成一小口，輪流放到我和他的湯匙上。吃完後，我拍著肚子走向房間，他像拆禮物一樣推開房門說：「我買了新的被套，是你喜歡的淡黃色和奶油色，好看嗎？

我找遍整間店，選了最好看的顏色。爸爸把被子洗好、曬乾，幫你都套好了。電熱毯開到二檔，現在的溫度剛剛好，被窩一定很暖和。」

我鑽進淡黃色與奶油色參半的柔軟被子裡。

「我的寶貝女兒，什麼都別想，好好睡一覺吧。」

曬乾的被子散發著暖暖的肥皂香，我就像擁抱著某人，一把抱住被子。被套沙沙作響，柔軟的觸感襲上我全身。毛茸茸的小狗也鑽進淡黃色的被子，我抱著溫暖、毛茸茸的小狗進入了夢鄉。沒過多久，小狗汪汪的叫聲傳入耳中，我這才清醒過來。

「媽。」

「天啊，你沒事吧？」

「媽媽……媽……」

「唉，怎麼辦？她凍壞了。」

「媽……」

我立刻閉上了嘴。全身長滿潤澤白毛的小狗盯著我狂叫起來。

「噓！」

聽到主人的喝斥聲，小狗才安靜下來。牠發出呼嚕嚕的聲音，忍氣吞聲似的兇巴巴地瞪著我。我直起腰，背靠靠墊坐了起來。

「對不起，我什麼都不記得了。」

「你在我們家門口暈倒了。」

素不相識的阿姨、叔叔和他懷裡的捲毛小白狗正以和諧的三角形俯視著我。眼前的狀況讓我頭暈目眩，我扶著額頭，閉上眼睛，垂下了頭。

「哎呀，你再躺一會兒吧。」

叔叔的話音剛落，阿姨立刻解釋道：「你不要誤會，我們問了你很多遍要不要叫救護車、要不要去醫院……」

我好像有點印象。

「但你只說想暖暖身子……你沒躺多久。」

沒錯，我這才想起來，也搞清楚了當下的狀況。我覺得很丟臉，恨不得閉著眼睛趕快躲起來。但想要離開這裡，我只能睜開眼睛。我睜開眼睛，慢慢地掀開被子，從陌生人家客廳的沙發上站起身。站在我面前的夫妻和小狗身後有一扇大窗戶，透過窗戶可以看到遠處奧林匹克公園的標誌。

「對不起，給您添麻煩了。」

「你沒事嗎？」

我沒事，必須沒事。我鞠躬致歉，環顧四周尋找大門時，看到了掛在牆上的全家福照。赤腳的一家四口穿著牛仔褲和白襯衫，像玩開火車遊戲那樣，側身把手搭在前面人的肩膀上，轉頭面帶笑容看著鏡頭。那不是靜止的微笑，而是可以感受到幸福的微笑，優秀的攝影師捕捉到了和睦的一家人幸福的瞬間。我目不轉睛地凝視了半天令人羨慕的笑容，然後收回視線。我走到玄關，撿起放在踩腳墊旁的大衣和攝影包。阿姨輕輕撫摸我的手臂，遲疑了一下說：「這麼冷的天，哪有人只穿一件牛仔外套的啊！」

我豎起衣領，辯解似地說：「這件衣服裡面帶毛，很暖的。」

阿姨擔心地皺起眉頭。

「哎唷，那哪是毛啊？再說了，就只有領子和袖口上有……衣服這麼薄。」

走進房間的叔叔取出了什麼東西。我還以為是我剛才蓋的被子。

「這件衣服給你穿，這是我小女兒的衣服，大小應該合適。」

「嗯？」

我不知所措地反問：「這……這件衣服要給我嗎？」

「你不嫌棄的話。」

那件衣服是早上電視廣告中的長款白色羽絨衣。我大吃一驚，趕忙擺了擺手。

「我不冷，真的，沒關係。」

「你穿這麼少出去可不行，現在外面很冷。今天可是最強寒流，新聞都報了。」

叔叔又說：「我兩個女兒跟你差不多大，但都在國外，衣服放在家裡也沒人穿，你就穿上吧。我是說真的，真心想送給你。」

阿姨接過羽絨衣，拉開拉鍊，敞開羽絨衣推到我面前。看到商標下方寫著XL，我的心咯噔了一下。幾番掙扎後，等我回過神時，已經把手臂伸進了袖子裡。羽絨衣穿在身上，十分寬鬆，肩膀也剛剛好，從脖子到腳踝的溫暖包圍住我，舒服極了。我穿著好似白雪般的羽絨衣，被叔叔和阿姨送到門口。出門就是電梯，電梯從樓上下來時，他們一直站在門口看著我，無論我怎麼請他們回去，叔叔和阿姨始終站在門口。電梯到了，門打開，電梯裡的鏡子映照出叔叔、阿姨和我。我看到鏡子裡的自己噗哧笑了，因為我很像冬奧會的吉祥物——加拿大的北極熊。我趕快走進電梯轉過身，按下一樓的同時道了聲謝謝，叔叔和阿姨這才轉身準備關門，我望著他們的背影，把手指放在關門鍵上，正要按下去時，玄關門又突然打開。

「喔，對了！」

玄關門再次打開，我與走出來的阿姨四目相對，叔叔從她身後探出頭，兩個人異口同聲地說了句：

「新年快樂！」

我都忘了今天是新年。沒錯，現在還是新年的第一天。

「謝謝，也祝你們新年快樂！」

我趕快按了一下關門鍵，陌生人的父母面帶微笑點了點頭，電梯門緩緩關上後，他們親切的樣子也隨之消失。

我們都有 一顆星星

미라와 라라

國文系幾乎沒有人不知道美菈姊。

以新生身分入學的朴美菈是我們系裡年紀最大的學生，三十二歲的她與同年入學的新生整整差了一輪。

但美菈姊出名的原因並不單純是因為年紀大。

她之所以在學校出名，不是因為長年備考入學，而是因為駕駛那輛白色的ＳＵＶ私家車來上學。我第一次跟美菈姊講話就是在那輛既氣派又寬敞的白車裡。

春寒乍暖的第一學期開學當天，就在我望著文科系大樓前、所謂的苦難之坡發呆時，按了一下喇叭的大白車彷彿成了救世主。駕駛座的車窗緩緩降下，新生訓練時打過招呼的美菈姊探出頭說：「你是我們系的吧？上來吧！」

我的新運動鞋不合腳，腳跟都磨破皮了，面對美菈姊的好意，我不假思索地上了車。車裡充斥著令人心曠神怡的淡淡香水味，而且是有暖椅墊的座椅，屁股暖暖的。

聽說我眼中的那輛「大白車」叫做「Land Rover Discovery

Sport」。說實話，我對汽車一無所知，一直到連駕照也沒有、但很喜歡看汽車雜誌的潤水告訴我以前，我一直以為「Land Rover」是皮鞋品牌呢。潤水說：「你知道那輛車多少錢嗎？」現在想來，那又不是她的車，她幹嘛那麼得意？總之，潤水說那輛車相當貴。有時，看到美菈姊的那輛車停在校園裡，潤水就會放慢腳步，像欣賞藝術品一樣地盯著它，直到它徹底從視野裡消失。

比我們年長十二歲的美菈姊為了寫小說，辭去工作，重新準備大考才進入我們學校的國文系。事實上，與其說她是長期備考入學……不如說是晚年求學。我在老家參加過大大小小的作文比賽，獲獎無數，之後以文藝特長生報考了這間在文藝創作方面頗具盛名的大學。從這一點來看，我和美菈姊還算志同道合，所以自然地同樣選擇了學校歷史悠久的小說創作社。社團裡的人得知美菈姊的年紀後都大吃一驚，但美菈姊性格隨和，很快就被大家接受，融入團體生活。

美菈姊總說希望和我們成為「真正的朋友」，要我們不要過於拘謹，還開玩笑地說，如果我們講話畢恭畢敬，她會覺得自己像個老人。儘管我們是同期生，但我還是不好意思對一個比自己年長一輪的長輩太過放肆，其他人也是如此，結果大家都與美菈姊產生了距離感，只有莫名與美菈姊走得最近的我偶爾會問她：「你餓不餓？我們一起去吃飯啊！」

說實話，大家之所以覺得有距離感，多少也與美菈姊本人有關係。美菈姊要我們講話不要太拘謹，但無論我們說什麼，她的反應都是「你們真好，這麼年輕」，或是「等你們到了我這個年紀」，以及經常在我們面前抱怨腰疼。但是比起這些，更重要的是我們不知道她說的那些老電視劇和流行歌，每當這種時候，美菈姊就會感受到代溝，一個人悶悶不樂。

有一天，她突然問我們：「你們知道蘇聯嗎？」

經歷過蘇聯時代的美菈姊，的確讓人覺得她與我們生活在不同的世界。首先，美菈姊很有錢。起初我們還以為年紀不小的她工作了一段時間，所以經濟方面比我們穩定，後來我們才發現，她不只是有錢，而且是非常有錢。除了開私家車來上學以外，美菈姊從頭到腳的打扮也都十分昂貴，不是人人都知道的名牌。有一次，我看到美菈姊一身陌生的品牌，之後逛百貨公司的時候，我才發現價格有好多個「0」。

美菈姊經常購買流行的智慧電子產品，不僅每次更換新iPhone，而且總是把MacBook、iPad和電子閱讀器帶在身上。上課的時候，美菈姊都在忙著使用這些東西，手忙腳亂地拿出書本做筆記，然後敲打MacBook，再打開電子閱讀器，取出又收回iPad、藍芽鍵盤和充電器，坐在她旁邊會心煩意亂，根本沒辦法聽課。擔任我們這屆小說創作社社長的恩知，看著美菈姊手忙腳亂的背影，戳了一下我的側腰說：「那麼多東西，看起來一點都不智慧！」

那些電子產品上都貼著相同的貼紙，圓圓的英文字體，旁邊還畫著紫色的星星——「LaLa★」。美菈姊說，貼紙是她親自設計訂做的，因為覺得「朴美菈」這個名字不像小說家，所以打算日後登上文壇要使用「LaLa」這個筆名。

「朴菈菈呢？這個名字也不喜歡？」

美菈姊翻了一個白眼說：「把『朴』拿掉，就叫菈菈！」

我覺得菈菈叫起來更奇怪，但也覺得這件事沒那麼重要，沒再多說什麼。

美菈姊是怎麼變成有錢人的呢？

美菈姊在場的時候，我們會試探性地問她。她不在場，我們就互相交換獲得的資訊，推測她是怎麼賺到那麼多錢的。可以肯定的是，美菈姊之前過得並不富裕，潤水打探到，小時候的美菈姊輾轉生活在親戚家，因為不好意思跟親戚要錢買書，所以同一本書讀了二十幾遍。為了趕快獨立，美菈姊只好放棄國文系或文藝創作系，選擇傳聞很容易找到工作的電腦與通訊工程系。聽到這裡，恩知插嘴說：「那她數學很好耶。」

恩知打探到的是之後的事，大二那年，美菈姊休學和系裡的朋友一起創業，起初只是社團規模的公司，漸漸走上正軌後，企業價值越來越高。不僅如此，技術能力獲得認可後，還被某大企業收購為子公司，而且每個人都獲得了員工認股選擇權。簡單來講，美菈姊就是靠創業時獲得的股票賺了大錢，變成了有錢人。潤水和恩知的話聽得我一頭霧水，我打斷她們問：

「說結論，她到底賺了多少錢？」

恩知用手機搜尋了一下，又計算了半天，然後瞪大眼睛說：

「天啊！」

「怎麼了？」

「他們每個人至少賺了二十億！」

「真假？」

恩知遞出手機，給我看搜尋到的新聞。以貼有公司標誌的牆為背景，美菈姊和其他五個人擺著相同的抱胸姿勢，面無表情地並排站在一起。他們擺出很像超級英雄電影海報的姿勢，但看起來十分可笑。

「創業才是正解！第四期備受矚目的創業特輯節目」，電腦與通訊工程系五人組開發的語音識別軟體「Bluesolution」，照片從左到右依次是朴美菈（23）……

二十三歲！那時的美菈姊剛好是我現在的年紀，她穿著棉襯衫，外面還套了一件很不起眼的帽T。有別於現在，美菈姊過去的打扮十分邋遢，肉嘟嘟的臉頰滿是青春痘，看上去非常稚氣。過去和現在簡直判若兩人，要不是上面寫著美菈姊的名字，我根本認不出是她。但是……很奇怪……那種判若兩人的感覺不單單來自年紀和穿搭，即使把十幾年的歲月考慮進去……也不會覺得照片裡的人就是現在的美菈姊。我總覺得少了什麼線索證明她是美菈姊，就好比應該在臉上的黑痣突然不見了。等一下，美菈姊臉上有痣嗎？就在我努力回想手機照片裡現在的美菈姊時，潤水歪著頭說：「她不堅持創業，幹嘛非要……」

潤水欲言又止，但我們都知道她接下來要說什麼，因為在那一瞬間，我們想到的是同一件事。

美菈姊不擅長寫小說。

美菈姊寫的小說讓人看不下去，也許是因為她長著理科生的頭腦，又或者是因為小時候同一本書看了太多遍的關係，她寫出來的東西讓人讀不進去。集體評論時，大家都要把時間花在找出前後矛盾和不通順的地方。不僅如此，她的故事設定也很俗套，典型、平面的人物，幼稚、老套的台詞……美菈姊非但不會塑造人物，而且很遺憾的是，她根本沒有寫作能力。

該怎麼說才好呢？美菈姊在小說創作會上，就像一碟沒人願意碰的免費小菜。輪到評論美菈姊小說的時候，大家都面露難色，忙著交換眼神。應該勉為其難找出值得稱讚的部分，還是要毫不留情地說實話？我們不得已把能量消耗在了必須做出選擇上。老實說，我覺得已經有人不看美菈姊的小說就直接評論了。

對於美菈姊，小說創作社出現了兩派態度。

我和潤水算是對美菈姊很友善的「親美菈派」。美菈姊和我生活在完全不同的世界……也就是說，我平日在中央圖書館、週末清晨在麵包店打工一個月才能換一台iPhone，我對像美菈姊這樣的人並無好感，但奇怪的是，我一點也不討厭她。也許是因為美菈姊出生在普通家庭，而且她是自食其力取得成功，最重要的是……她不會寫小說。看到美菈姊在集體評論時遭人無視、被當成隱形人，我心裡也很不好受。美菈姊很天真，性格隨和，所以有時候看到她對我們低聲下氣、害怕被我們排擠時，我心裡都很難受。每當我講出這種話時，潤水就會說：「這世上，最沒有意義的就是同情有錢人。」

潤水對美菈姊友善，其實另有原因——跟美菈姊喝酒，總是美菈姊付錢。潤水召集聚會時，一定會先確認美菈姊會不會來，如果美菈姊說會晚到的話，潤水就會把地點選在距離學校一站之遠的啤酒屋，而不是學校正門前的酒吧。一瓶自釀啤酒的價格是國產啤酒的五、六倍，但美菈姊總是毫不吝嗇地請大家喝。自釀啤酒很好喝，酒精趴數也很高，我們喝著各式各樣的自釀啤酒，很快就醉了。最後代理司機會開著美菈姊的那輛大白車，把喝得酩酊大醉的我們安全地送回各自的住處。

當然，也有「反美菈派」。

小說創作社的社長恩知就是這一派的。有一次，我試探地問她：「你覺得美菈姊怎麼樣？」

恩知毫不掩飾地回答說：「我不喜歡她。」

恩知停頓了一下，接著說：「我知道她人不壞，但就是覺得很煩，真不知道她為什麼要寫小說。她已經老大不小了，卻還不能客觀地看待自己，努力一點也不會像她那樣。」

每次美菈姊給大家看漏洞百出的小說，或者憧憬日後自己成為小說家時，恩知就會莫名覺得她是在褻瀆文學。我在大家眼中是美菈姊唯一的好朋友，更是「親美菈派」的一員，但我也不是不能理解恩知的想法。說實話，我偶爾，不，應該說是經常也會那麼想。

*

臨近畢業，放最後一次暑假的前一天。

上課時，美菈姊跟往常一樣把MacBook、iPad、電子閱讀器和充電器擺上桌面，而且格外認真地做筆記。美菈姊寫著筆記，時不時會按一下筆上的小按鈕。每按一下，筆就會發出微弱的電子音，那聲音令人心煩，整堂課我都在偷瞄美菈姊。潤水最先認出那枝筆是美菈姊的最新智慧型產品，下課後，她立刻跑到美菈姊面前問：

「美菈姊，那筆是什麼啊？錄音筆嗎？」

「啊，這枝筆是……」

美菈姊就像一直在等待這個問題似地滔滔不絕了起來。那枝銀色金屬材質的筆不是普通的筆，筆尖帶有感應器，感應器可以認知寫在紙上的字。事先將筆與筆記軟體連結，寫在筆記本上的內容就會自動儲存到筆記軟體上。美菈姊打開iPad，向我們展示好似掃描過筆記本後儲存的內容，更神奇的是，按一下按鈕，手寫字就會轉換成文字檔案。我驚訝地張開了嘴。

「別提了，我為了買這枝筆，足足等了一年多。」

據美菈姊所稱，那枝筆是她在群眾募資平台購買、尚未商業化的測試品。只要投資創意專案達到目標金額後，就會生產一定數量的測試品，提供投資者試用。美菈姊為了那枝筆，在一年前先支付了六十萬韓元。

我大吃一驚，問：「六十萬？會不會太貴啊？」

美菈姊說，不光有筆，還有筆芯和USB充電器，所以價格還算合理。休息時間結束後，整堂課我都在思考花六十萬韓元買一枝筆的人生。

那天放學後，我和潤水在學生會館提早吃了晚飯，潤水說：「我跟你說件有趣的事。」還沒等我做出反應，她就接著說：「美菈姊開的那輛車……」接下來的話，著實讓我吃了一驚。

「其實是她的第二輛車。」

上週末，潤水碰巧在江南遇到美菈姊，但她開的不是每天上學的那輛大白車，而是一輛藍色的跑車。我反駁說，那輛車可能不是美菈姊的。潤水搖了搖頭。

「肯定是她的車，因為車上也貼著那張該死的LaLa貼紙。」

如果真的有貼紙，那肯定就是美菈姊的車了，因為無論是牙刷、環保杯、筆電還是汽車，美菈姊都會貼那張惹人心煩的貼紙。潤水不理解為什麼她要在那麼好的車上貼那種貼紙，還強調說如果是自己的車，肯定不會做那種蠢事，況且貼那麼醜的LaLa貼紙，對跑車也很失禮。我的心情怪怪的。

「美菈姊為什麼有兩輛車呢？」

「什麼為什麼，人家有錢啊。」潤水又補充一句：「可能不只兩輛喔。」

我用筷子撥了幾下餐盤裡的小菜，莫名覺得心煩。像美菈姊那樣的人……那麼有錢……為什麼……要寫小說呢？這件事讓我百思不解，甚至覺得她寫小說很奇怪，簡直荒唐無稽。

吃完飯走出會館時，我們遇到恩知和其他幾個國文系的同學，大家聚在一起聊了各自的暑假計畫。大家都無事可做。我們已經大四了，但誰也不知道畢業後要做什麼，儘管如此，還是有幾個人考取了資格證照，也投了幾間公司的招募。

大學四年，小說創作社的幾名成員除了讀小說和寫小說以外什麼也沒做，前途都很渺茫，沒有人準備就業，而且靠寫小說似乎也實現不了什麼。潤水打算繼續念研究所，恩知參加了某出版社的新人徵文比賽，但在最後一輪還是因為「餘韻不足」被淘汰了。即使她慘遭淘汰，也算是獲得了某種程度的認可，無論怎麼看，處境都比我好。去年，我獲得校內文學獎的首獎，但走出校園，這種獎根本不值得一提。雖然每年我都會參加新春文藝的徵文比賽，但我一次也沒像恩知那樣進入最後一輪。因為我經常投稿，連郵局的人都認識我了，我不得已要跑去另一區的郵局寄稿。

聊著聊著，其中有人對美菈姊的暑假計畫產生好奇。據我所知，美菈姊的暑假計畫也和一般人不同，她說要去希臘進行為期一個月的「創作之旅」。然而，潤水不假思索地提起了這件事。

「她說要去希臘的克里特島，租一棟公寓在那裡住一個月。」

「真是了不起啊。」

「哇，跟村上春樹一樣。」

「真讓人羡慕。」

大家深陷剝奪感和自卑感之中，你一言我一語地說著。這件事是美菈姊告訴我的，她叫我保密，所以我才假裝什麼都不知道，可誰知潤水多嘴把這件事告訴了大家。我用手肘捅了一下潤水，本想叫她閉嘴，最後還是作罷。唉，算了，反正潤水也沒說謊，況且美菈姊的暑假計畫很特別也是事實。創作之旅，聽起來太陌生，不禁讓人覺得有點滑稽可笑。創作之旅？開什麼玩笑！什麼創作之旅！連故事都不會寫的人還搞什麼創作之旅！為了讓自己心情好一些，我在心底嘲笑起美菈姊，但我怎麼也沒有想到，美菈姊在結束所謂的「創作之旅」後寫的小說發生了變化。

*

暑假結束後，美菈姊在希臘的克里特島完成了一篇名為《我們都有一顆星星》的中篇小說。短篇小說寫作課上，美菈姊發表了這篇小說，大家都給予了「令人驚訝」的評價。去年指導過我們的小說家笑容滿面地看著美菈姊問：

「這個暑假，你遇到什麼事了嗎？」

小說的背景設定在未來，每個地球人都擁有一顆從出生就與自己命運相連的星球。小說中的人物在得知死後將返回星球的真相以後，試圖了斷自己的生命返回星球，但大家不知道該星球的命運其實與自己的生命軌道相連……這篇既像電影，又像童話的小說散發著神奇的魔力，從開場就十分吸引人。至今為止，我從未讀過這樣的小說，雖然人物穿行於宇宙之中，但描寫得非常立體，就像現實中的人物，對話也很自然，每個星球也描寫得非常美好。讀到最後，甚至讓人覺得捨不得故事結束。雖然小說還有多處需要修改，但整體的完成度很高，大家都送上了讚語。

下課後，大家走出教室時，小說家叫住了美菈姊。我假裝在門口等她，偷聽了他們的對話。小說家說美菈姊的故事很有特色，建議她以三部曲來擴充內容，參加即將舉辦的長篇小說徵文比賽，還說用這個故事投稿很有可能獲獎。第一次聽到稱讚的美菈姊不知所措似的，像孩子一樣咬起了指甲。

我也希望老師能那樣稱讚我。

我為憐憫沒有創作能力的美菈姊而感到羞愧。在我嘲笑美菈姊的創作之旅時，自己什麼都沒寫，至少美菈姊一直在寫作，還帶回了驚人的作品。

我也想要寫出那樣的小說，也想過以未來為背景創作一個故事，所以才會覺得有什麼東西被人奪走了似的。那一瞬間，我才意識到上課的時候，針對美菈姊的小說，我竟然一句話也沒講。其他人爭先恐後地稱讚，所以我沒有講話的機會……但其實我是心生嫉妒，所以連「故事很有趣」這種客套話也沒說。當我意識到這一點時，不禁覺得很對不起美菈姊，我打算私下見面時向她坦白這種心情，然後……請教她怎麼能突然寫得這麼好，請她傳授一些寫作的祕訣給我。整個暑假，遇到瓶頸的我連一頁小說也沒有寫出來。

期中考結束後，晚上聚餐的時候，我們這一桌只剩下我和美菈姊。我和美菈姊並排坐在沙發上，對面空無一人，潤水坐在稍遠的地方睡得不省人事。美菈姊喝到眼皮半閉的時候，我鼓起勇氣說：

「美菈姊，你那篇小說寫得真好。」

「是嗎？你覺得好嗎？」

美菈姊坐在我旁邊，摸了摸空酒杯，舌頭打卷地小聲問了一句。

我默默點了點頭說：「說實話，我很羨慕你。」

美菈姊沒回話。

「我最近不想寫小說了，就像毫無理由地討厭男友一樣。」

我不由自主地坦白了心聲：

「美菈姊，我很懷念小時候，還不記事的時候所編的那些故事。媽媽下班回到家，還沒脫下鞋子，就會問我今天跟小朋友一起做了什麼。一開始，我會如實地告訴她當天發生的事，之後我就開始編故事了。其實每天過得都一樣，但我會編一些開心有趣的事說給她聽，後來，我乾脆編了一個不存在的朋友，還給他取了一個名字，設定了具體的性格。不知不覺，我把這些事轉換成文字寫在本子上，是的，這就是我創作的開始……有人讀我寫的故事，喜歡這些故事，後來還獲獎，我才覺得自己很有才華，確信自己可以寫出、創作出故事。我覺得是想要創作的熱情證明了這件事，而且我只想寫小說，寫小說之於我，成了這世上最重要的一件事。但是……你知道可笑的是什麼嗎？還沒真正開始寫作，我就已經沒有想寫的東西了，那些素材就像被燒成灰，被風吹散了……我現在甚至覺得……至今為止創作的這幾年就只是我人生中的一場鬧劇，我現在就是這樣覺得。」

我下意識地閉上眼睛，嘆了口氣。也許是因為醉意，眼眶濕熱，但我強忍住眼淚。我們默不作聲，安靜地聽著店裡播放的音樂，就在我心想「拜託，你說點什麼吧」的時候，美菈姊開了口。美菈姊的話著實嚇了我一跳。

「怎麼辦，那小說其實不是我寫的……」

「嗯？」

美菈姊詳述起這件令人難以置信的事。

*

抵達希臘的當天，美菈姊發現筆記軟體上出現了一個名為「我們都有一顆星星」的圖片檔。

整齊的字體旁邊潦草地畫了星星、花朵和蝴蝶等圖案，美菈姊這才發現那枝智慧筆不見了，應該是有人撿到美菈姊的筆，所以那些文字和圖案就上傳到了美菈姊帳號連結的筆記本軟體上。珍貴的筆丟了讓美菈姊很生氣，她直接刪掉了那個檔案，但是隔天，美菈姊又收到檔案更新的訊息。

LaLa的一頁新建筆記已儲存。

美菈姊想知道撿到筆的人到底是誰，於是點開筆記軟體，看到了與昨天相同的字體。美菈姊讀了開頭的一段文字，立刻就被故事吸引。美菈姊說，雖然在異國讀到陌生人的文字很恐怖，但故事寫得太有趣，就忍不住讀了下去。由於很好奇接下來的發展，美菈姊沒有取消連結，對方就像知道美菈姊在等待一樣，每天早上都會更新一頁內容。就這樣，美菈姊開始了每天的等待。最後，一個月也寫不出東西的美菈姊把那個故事轉換成文字檔，加上了自己的名字，那篇小說就是我們讀到的《我們都有一顆星星》。我聽得啞口無言，酒都醒了。

「美菈姊，你瘋了嗎？這是竊盜行為！」

「我知道。」

「你為什麼要告訴我這件事？」

「不知道，可能覺得你是我的好朋友吧……」

什麼意思？她是不是喝醉了？我覺得聽了不該聽的事，頭腦十分混亂。我拿起酒瓶確認了一下酒精趴數，十一度。我感到頭痛欲裂。

美菈姊接著說：「看著看著，我就開始覺得那是我寫的故事了……因為每天都會看到『LaLa的一頁新建筆記已儲存』。」

美菈姊說完，雙手握住空酒杯安靜了下來。我以為她哭了，結果轉頭一看，她只是把頭轉向右邊睡著了。丟給我這麼大的祕密，本人竟然睡著了。

站在身處寫作瓶頸的立場，我理解寫不出東西的痛苦，不禁覺得美菈姊也很可憐。但儘管如此，我還是不能接受她用自己的名字在課堂上發表這篇小說。

雖然羞恥，但說實話……得知那篇小說不是美菈姊寫的以後，我鬆了一口氣。我突然好奇起誰才是《我們都有一顆星星》的作者……瞬間……我突然想到會不會是恩知為了戲弄美菈姊搞的惡作劇，我搖了搖美菈姊的肩膀叫醒她說：

「美菈姊！醒醒！你不能這樣做，真的不可以。」

美菈姊閉著眼睛回答說：「我知道啦，對不起。」

「跟我道歉幹嘛？你對不起誰啊？」

「對不起所有人，一顆星星……」

「你醒醒。萬一撿到筆的是熟人怎麼辦？很有可能是我們社團裡的人，如果那個人在嘲笑你怎麼辦？」

美菈姊眨了眨眼，盯著我噗哧笑了出來。她往後靠上沙發說：

「肯定不是我們社團裡的人。」

「你怎麼知道？」

「因為我們社團裡沒有人能寫出那麼好的小說。」

當我意識到在社團裡集體評論時，像隱形人一樣的美菈姊也在內心評價我們的小說，就不禁感到後頸一陣涼。

那天聚會結束後，我得了重感冒。

起初還以為是宿醉，但嘔吐過後頭痛仍持續了很久。我渾身發冷，高燒到三十九度，無力出門，叫了一份外賣粥。吃完粥、服下藥後，我在床上躺了一天。藥效發作後，我睡了很久，睡到再也睡不著後，開始側臥滑起了手機。我看了一遍娛樂版的新聞，很多都在講前一天的綜藝節目。我無聊地瀏覽每一篇新聞，突然一個標題吸引了我的視線，新聞標題是「絕世美人韓知秀，現在請叫我作家」。我抱著看好戲的心情，點了進去。

新聞稱，韓知秀即將出版小說，偶像歌手出身的她拍過電影，當歌手的時候還算略有人氣，轉型演員後突然人氣衝天。不久前，她出演的電影還入圍了坎城影展。

韓知秀除了演戲以外，還有畫家和料理家等各種身分，但大眾覺得她多領域發展實屬貪心，所以評價都是負面的。幾年前，韓知秀畫油畫，隔年便在藝術殿堂辦了個展。她寫歌詞給知名歌手的新聞剛過去沒多久，就又開了一間掛名餐廳，還出了一本料理書。

其實我對她的畫、音樂和料理書一點興趣也沒有，也只有透過新聞看到大家責難她沒有實力、只是藉助演員的名聲輕而易舉地掛上其他領域的專家頭銜。這次她出版小說，則是掛上了「作家」的頭銜，新聞的最後這樣寫道：

今日起，韓知秀將在出版社的網路雜誌連載十週名為《我們都有一顆星星》的小說，小說描寫了未來人類尋找與自己命運相連的星球的故事。連載結束後，小說將於年底出版。

我簡直不敢相信自己的眼睛，等一下，我們……都有……一顆星星？我猛地坐起身靠在牆上，點擊進入新聞附帶的出版社網路雜誌的網址。韓知秀寫的連載小說《我們都有一顆星星》第一篇已經刊登出來，就是我看過的那篇從開頭就很吸引人、對話自然有趣、既像電影又像童話、類型新穎，因為喜歡所以讀了很多遍的小說。雖然網路小說只刊登了第一篇，但我已經知道故事的結局，沒有必要再讀下去。我滑到最下面看了留言區，通常出版社網路雜誌下面的留言區最多只有十則留言，但因為「韓知秀」效應，下面有八十多則留言。雖然也有支持她的留言，但大部分都是惡語中傷的內容。

拜託，你有時間還是多練習一下演技吧。

這也算是小說？

出版社還真捧場。

這就是典型的誇大包裝。

太幼稚了，我都看不下去。

她以為自己是藝術家嗎？

這是得了人氣病，還病得不輕。

這些人是怎麼回事？他們讀了小說嗎？我無法接受自己非常喜歡、受到老師和同學稱讚的小說受到這種責難。我想留言反駁，但寫了幾個字後還是放棄了。我退出網頁，在搜尋框輸入「韓知秀」和「小說」，按下輸入鍵。新聞不斷湧現，我點進一篇雜誌專訪，「你如何克服寫作瓶頸呢？」，面對這樣的問題，韓知秀回答：

這件事，我是第一次講。今年夏天，我為了拍海報去了歐洲，在機場貴賓室裡撿到了一枝筆。起初我以為就是一枝普通的原子筆，心想等一下在飛機上填寫入境卡的時候可以用，就放進口袋裡。當時，我已經和出版社簽了合約，處在非常焦慮的狀態。大家也知道，我之前用寫小說的方式寫了本料理書，結果被罵得很慘（笑）。這次計畫要寫小說，卻很難下筆。就這樣，我晚上時想起了那枝筆，拿出來一看，發現它和一般的筆不太一樣，上面有一個小按鈕，按下去還會發光，而且有電池。但是除了寫字以外，沒有任何功能，就在我想這筆是怎麼回事的時候，突然想到了不久前讀過的短篇小說《你好，人工智慧！》。小說裡有一個跟石頭一模一樣的電子產品，只有充電接口，沒有任何功能，說明書上也只寫著它是一個「存在性產品」，所以我覺得這枝筆也應該跟它一樣，只是某種「存在」。按下按鈕，開啟電源，再按一下，關閉電源。雖然它不具備任何功能，但很神奇的是，開啟電源後，我就鼓起了勇氣寫出之前不敢表達的東西了。忙碌工作的期間，我每天都會開啟電源，用那枝筆寫一、兩個小時，也按時充電，就這樣寫完了這個故事。

專訪的最後還寫道，韓知秀很喜歡文學，平時就有訂閱各大出版社的文藝雜誌，專訪下面最多人點讚的留言寫道：穢語症患者請去醫院就醫。

那天之後，美菈姊就沒來上學了。

我給美菈姊打過幾次電話，但她的手機每次都是關機狀態，雖然沒有人提美菈姊的事，但我們都知道她為什麼不來上學、不接電話。不知為何短篇小說寫作課和小說創作的集體評論時間沒了美菈姊之後，變得死氣沉沉了。

那件事之後，我們多少都受了傷，原因不明。

也許是因為美菈姊對我們說了謊。

又或者是因為我們喜歡的小說被罵得很慘。

再不然就是兩者皆是。

*

因為恩知，我又意外地想起美菈姊。

不，準確講應該是因為恩知談的那場戀愛。第二學期期末考結束當天，恩知希望我能幫她看看最近在交往的男生適不適合一起過即將到來的聖誕節，於是把我叫去他們約會的咖啡廳。店裡已經播放起聖誕歌，我尷尬地用眼神打了招呼，坐在他們對面。不知道恩知在著急什麼，還沒為我介紹男友就先興奮地說：

「天啊，你知道嗎？美菈姊之前跟我男友在同一間公司工作。」

恩知的男友是比我們大七歲的上班族，他還是新人的時候和美菈姊在同一個小組共事過。令我驚訝的是，他所描述的「朴美菈次長」與我們認識的「美菈姊」完全不同。他說美菈姊總是看起來萎靡不振、毫無欲求，經常一個人愣著發呆，有時跟她開玩笑也不會笑一下，午餐時間也不和組員一起出去吃飯，總是一個人坐在那裡吃自己帶來的三明治。

他還說他覺得美菈姊的心機很重。

有一次，他從辦公室的影印機拿起列印物的瞬間，美菈姊突然衝過來一把搶過他手裡的東西，險些打翻他另一隻手拿著的咖啡。美菈姊非但沒有道歉，反而怒斥道：

「你幹嘛看我的東西！」

「不是，這是誰的，總得看一下吧？」

他話音剛落，美菈姊瞄了一眼搶過來的紙，說：「這是我的，現在在印的才是你的。」

美菈姊連聲對不起也沒說就走了，他覺得很無言，把這件事告訴公司其他人，結果別人也說遇過一樣的事。

但這不是他討厭朴美菈次長的原因。

公司每個月有不到三萬元的購書補助費，但只限於購買與工作有關的書籍。因為美菈姊經常上報購書費用，所以他查了一下美菈姊的公司信用卡明細，結果真的發現了問題。

「她用公司的錢沒買過一本跟工作有關的書，買的全是破爛小說。」

他口中冒出「破爛小說」一詞的瞬間，我和恩知不約而同地看了彼此一眼。我們的視線在虛空中短暫交會，然後轉向其他地方，恩知的耳朵紅了。

第二天，我問恩知：「你打算跟那個人交往下去嗎？」

「不會，跟他約會了幾次，好無聊。」

「是喔。」

那天之後，每次想起美莅姊時，我都會想像「朴美莅次長」，而不是我認識的那個「美莅姊」。

每天午餐時間，在公司吃三明治的她究竟在做什麼呢？她用公司的信用卡買小說，買的是哪位作家的小說呢？使用辦公桌上的電腦，按下列印，再快速跑到共用影印機前，身穿正裝的美莅姊的背影，以及那段時間她都在列印什麼呢？

聖誕節一過馬上就是新年了，恩知沒有和那個把小說稱為破爛的人一起過節，新一輪的新春文藝入圍名單發佈了，最終入圍者之中也沒有我、恩知或潤水的名字。聖誕節過後，我還是時不時地想起美莅姊，也給她傳過訊息，但始終沒有收到回訊。

*

除了離開學校，我沒有做任何計畫。就在畢業典禮即將到來的前幾天，美菈姊回訊了。

美菈姊希望單獨跟我見一面，我同意了。翌日傍晚，我和美菈姊時隔半年在之前常去的啤酒屋見面。

許久未見的美菈姊顯得十分憔悴，臉上的八字紋更深了，眼瞼和雙頰也都凹陷下去。面如土灰的美菈姊看到我笑了笑，還沒等我開口，她就講起了這之間發生的事。

美菈姊用那篇《我們都有一顆星星》參加了長篇小說的徵文比賽，她自己也說不知道當時是怎麼想的。幾週後，美菈姊接到了出版社的來電：「朴美菈小姐投稿的小說與我們正在準備出版的韓知秀的初稿一模一樣。」美菈姊說，聽到這句話的瞬間她恨不得去死。美菈姊語無倫次地提到那枝智慧筆，最後哭著向出版社道歉，慌亂之中還跟韓知秀通了一次電話。

「韓知秀的聲音很好聽，人也很好。」

韓知秀說，不知道那枝筆那麼貴，顯然撿到筆的自己也有錯，還跟美菈姊道歉。幸好這件事是在徵文比賽評審前發現，出版社決定不再追究。但就算這樣，美菈姊也沒有改變恨不得去死的想法。美菈姊說，她感到羞愧難當，想到再也不能提筆寫小說，真的恨不得去死。

我不忍正視美菈姊，覺得自己沒有資格聽這些話，美菈姊應該找一個比我更親近的朋友，在更隱密的地方講這件事才對。我莫名覺得美菈姊是在強迫自己告訴我這件事，如果是我的話，我可能不會想讓人見到我憔悴不堪的樣子……我可以一直坐在這裡嗎……這些問題不斷困擾著我，讓我也痛苦不已。我轉移視線看向桌面，看到美菈姊骨瘦如柴的手正在剝小菜中的花生，就在這時，我看到美菈姊米白色的毛衣袖口露出了什麼，她的左腕上纏著像是白色繃帶的東西。

我反射地問：「美菈姊，那是什麼？」

我的手伸向美菈姊的左手，美菈姊的視線落在花生上。我抓起美菈姊的手，輕得彷彿一個空的牛奶盒。我一把將她的毛衣袖口擼到她的手肘，纏著繃帶的纖細手臂無力地嶄露出來。

「是我想的那種事嗎？」

美菈姊沉默不語。

「美菈姊！」

我接著說：「你真的尋死？真的？」

毫無緣由的憤怒湧上心頭，我的音量也變得越來越大。就因為這種事情自殺？就因為這點小事？這算什麼？怎麼能拿生命開玩笑？

這種事根本不算什麼！

真的不算什麼，等時間過去，就沒有人記得這件事了。雖然這樣講很抱歉，但就算沒有這件事，美菈姊也不可能成為小說家，更別提要透過那麼知名的出版社登上文壇。到底為什麼要這樣做？美菈姊，你為什麼這麼想寫小說？你的人生就是小說啊，你不是童話中的百萬富翁，你是億萬富翁耶！

我忍無可忍大喊道：「美菈姊，你不要鬧了！」

我也不知道我為什麼會這麼氣憤。

「說實話，你這樣做很可笑。」

我抓著美菈姊的手，美菈姊垂下了眼。

我搖晃著她的手說：「美菈姊，你給我聽好！」

我感受到了美菈姊微弱的脈搏。

「什麼小說，根本就沒人在看！」

彷彿體內用力捆綁且停留的什麼東西徹底流了出去。我渾身發麻，鬆開緊握住美菈姊手腕的手說：

「就只有我們在看而已。你走出這裡，外面根本沒有人在乎小說！」

我伸手指向地鐵站的方向。

「那邊，你隨便去問一個從六號出口經過的人看小說嗎？你問人家這種問題，人家會以為你是要傳教，肯定覺得你瘋了。」

「我這副模樣去問人家，問什麼都會覺得我瘋了吧？」

「我的意思是……」

我接著說：「這種事……根本不算什麼。」

美菈姊抬起頭，我也看著她。

「我也知道。」

美菈姊停頓了一下，又開口說：「但是對我而言，這件事就是最重要的，就跟你一樣。」

我現在覺得美菈姊當時是想說出更有力的話，但她的話就像她寫的小說對白一樣，絲毫不會給人留下印象。我聽到這句話後就不知道該說什麼了。美菈姊沒再喝一口酒，她付完酒錢後，一瘸一拐地朝那輛大白車走去。看著美菈姊搖搖晃晃的背影，突然幾個她小說中的場景在我腦海一閃而過。

揹著跟自己差不多大的樂器、穿著制服裙子、追趕公車的少女。

快速翻閱雜誌，期盼看到明信片中獎的少女。

內衣店裡，拿起紅綠色聖誕圖案內衣的中年女性。

這些小說都失敗了。

無論怎麼改寫都沒有起死回生的可能，是不折不扣的敗筆之作。

我攙扶美菈姊上了車，為她關上車門。車門把手下方貼著貼紙，貼紙的邊邊已經翹起來。我用力按住貼紙，讓它牢牢地貼在車上。

LaLa，我突然想起這是美菈姊的筆名。換個手機號碼、改個筆名再寫小說，不就可以了嗎？待時間過去，傷口癒合後，不就可以重新再寫小說了嗎？我望著那輛大白車漸漸遠去，心想明天一定要把這些話告訴美菈姊。

作者的話

我回想了一下寫這幾篇小說時的自己是什麼樣子，不知為何，我覺得「肩膀」非常重要。站在書桌前，播放動感的音樂，開心地一邊晃動肩膀一邊寫作，也有寫著寫著傷心到哭得肩膀直發抖的時候。有時，明知道維持一個姿勢一直寫會肩膀痛，但還是一動不動地敲著鍵盤，我還會唸出小說中人物的台詞，一邊抖動肩膀模仿人物的動作和表情一邊寫小說。我會在失落中掙扎，但也有得意洋洋的時候。每次完成一篇小說，我都覺得無比輕鬆，但這種心情只是暫時的，很快就會忘記，所以我會記錄下來，時不時拿出來看。

感謝為這本書寫推薦語的朴濬詩人，句句細膩的文字和鼓勵的話讓我難以忘懷。多虧了潤娜、旻才、秉赫、仁、夏天和恩順先看了小說，並提供各個領域的建議，幫助我完成稿子。感謝哪怕只讀過一篇我的小說的讀者，和等待著我的下一本小說的讀者，以及邀請我寫這幾個短篇的出版社，和將這些故事編輯成書的李振赫總編輯，若沒有大家的鼓勵和「你做得很好」的應援，我無法完成這些小說。

成為小說家後，經常有人問我是「怎麼」寫小說的，朋友也會好奇地問我：「那些故事都是你想出來的嗎？」每當這時，我都會盡最大的努力說明，但說實話，我至今仍不知道小說是「怎麼」寫的。某一個場景、人物和人物的對話會一直浮現我腦海。為什麼會這樣呢？經常浮現這些場景一定是有原因的吧？我會抓住這些模糊的靈感，再來具體地想像，最後進行創作。一定可以寫出什麼，我以冒險嘗試的心態創作著故事，很神奇的是，每次寫完一個故事，我都會收穫預想之外的什麼。

我決定把自己當成一個小巧單純的機器。雖然不知道機器運轉的具體原理，但我願意相信運轉的性能。在機器中加入什麼，開啟後就會輸出什麼，因為不懂得原理，為了避免故障，就要定期抹油，讓它持續運轉下去。為此我要持續不停地寫下去。

二〇二三年，初夏
張琉珍

文學森林LF0193

我們都有一顆星星

연수

作者

張琉珍

一九八六年生。延世大學社會學系畢業。二〇一八年短篇小說〈工作的快樂與悲傷〉榮獲第二十一屆創批新人小說獎，二〇二〇年再以短篇小說〈駕駛訓練〉榮獲第十一屆新人作家賞，同年拿下第七屆沈薰文化大賞。她以自身在IT產業多年的工作經驗為創作基石的第一本小說集《從此好好過生活》，空降書店排行榜，改編電視劇，在文壇與社群網站上都人氣十足。二〇二一年出版長篇小說《我們想去的地方》。

譯者

胡椒筒

專職譯者，帶著「為什麼韓劇那麼紅，韓國小說卻沒人看」的好奇心，闖進翻譯的世界。譯有《謊言：韓國世越號沉船事件潛水員的告白》、《那些美好的人啊》、《蟋蟀之歌：韓國王牌主播孫石熙唯一親筆自述》、《信號Signal：原著劇本》、《您已登入N號房：韓國史上最大宗數位性暴力犯罪吹哨者「追蹤團火花」直擊實錄》、《最後一個人：韓國第一部以「慰安婦」受害者證言為藍本的小說》、《朴贊郁的蒙太奇：韓國電影大師朴贊郁首部親筆著作》、《如果我們無法以光速前進》等。

書封設計　Bianco Tsai
內頁排版　立全排版
主　　編　詹修蘋
行銷企劃　黃蕾玲、陳彥廷
版權負責　李家騏
副總編輯　梁心愉

初版一刷　二〇二四年十月二十八日
定價　新台幣三六〇

ThinKingDom 新経典文化

發行人　葉美瑤
出版　新經典圖文傳播有限公司
地址　臺北市中正區重慶南路一段五七號十一樓之四
電話　886-2-2331-1830　傳真　886-2-2331-1831
讀者服務信箱　thinkingdomtw@gmail.com
臉書專頁　http://www.facebook.com/thinkingdom/

總經銷　高寶書版集團
地址　臺北市內湖區洲子街八八號三樓
電話　886-2-2799-2788　傳真　886-2-2799-0909
海外總經銷　時報文化出版企業股份有限公司
地址　桃園市龜山區萬壽路二段三五一號
電話　886-2-2306-6842　傳真　886-2-2304-9301

This book is published with the support of the Literature Translation Institute of Korea (LTI Korea).

我們都有一顆星星／張琉珍著；胡椒筒譯. -- 初版.
-- 臺北市：新經典圖文傳播有限公司, 2024.10
288面；14.8 x 21公分. -- (Literary Forest 0193)
譯自：연수
ISBN 978-626-7421-33-8(平裝)

862.57　　113007822